# LOS CRISTALES DE LA SAL

Charco Press Ltd.
Office 59, 44-46 Morningside Road,
Edimburgo, EH10 4BF, Escocia

La matrícula del catálogo CIP para este libro se encuentra disponible en la
Biblioteca Británica.


ISBN: 9781913867379
e-book: 9781913867386


www.charcopress.com


Corrección: Carolina Orloff
Revisión: Luciana Consiglio
Diseño de tapa: Pablo Font
Diseño de maqueta: Laura Jones

Cristina Bendek

# LOS CRISTALES DE LA SAL

CHARCO  PRESS

# ÍNDICE

*Para las islas, para su poderoso espíritu.*

*Para Aura María, que descansas en el mar.*

*Pretend that this is a time of miracles and we believe in them.*
—Edwidge Danticat, *Krik? Krak!*


*Si queremos que todo siga como está,*
*es necesario que todo cambie.*
—Giuseppe Tomasi di Lampedusa, *El Gatopardo*

# I. LA MALDITA CIRCUNSTANCIA

Yo soy de esta isla del Caribe.

Nací hace veintinueve años en una formación curiosa de coral, la casa de un montón de gente que ha coincidido aquí, no toda de buena gana. Apenas estoy reconociendo este núcleo surrealista del que me autoexilié hace quince años, del que salí volada cuando todos los que podemos huimos, después del bachillerato. Todavía los mosquitos no me reconocen, ni el sol, y soy menos nativa que extranjera. Los modismos, los acentos, las formas de moverse y de hacer las cosas, se me hacen exóticos ahora, en vez de ordinarios, como antes. Cada palabra mal pronunciada activa una alarma, cada señal de excesiva confianza y cada arreglo improvisado, la falta de afán y la sensación de que todo está a mediohacer. Todo esto parece estar tocando puertas cerradas, llamando a despertar a una horda de habitantes desconocidos, dormidos, dentro de mí. Mi suelo natal es una isla diminuta en un archipiélago gigante que no alcanza a salir completo en los mapas de Colombia. La vida aquí es como un diálogo abierto entre los anhelos y el letargo, se siente el paso del tiempo en los metales oxidados, en las palmas que ya no dan coco y en las caras de piel curtida. Volví a ver esas caras, esos ojos de indagatoria, los primeros días cuando quise ir al sur y tomé la ruta equivocada. Contra toda expectativa, me perdí en un óvalo que tras una hora de recorrido lo arroja a uno al mismo punto de inicio. El bus me dejó en un lugar de la Avenida Circunvalar, entre la Cueva de Morgan y el Cove. Entonces tuve tiempo para pensar, en el ardiente paseo de unos tres kilómetros, hasta que apareció otro bus que venía del camino Tom Hooker. Bajo el sol de la tarde me pareció haber andado el triple, sentí que la isla se estiraba con cada paso que daba, que así se burlaba de que la sintiera tan pequeña, todo siempre con el mar al lado y detrás.

Las alergias de las picaduras en mis piernas, grandes círculos rosados que el primer día me dieron un susto, van cediendo luego de dos semanas de ataques. La brisa se siente húmeda y fresca a esta hora. El balcón trasero en el segundo piso es mi refugio, el escape al calor de la casa. No tengo aire acondicionado, pero tengo whisky. Whisky barato, Black & White. Es lo que había en la tienda. Mi mesa auxiliar es un bafle viejo recubierto de madera, ahí está el círculo líquido del culo del vaso, mojando un par de hojas sueltas que he decidido llenar de garabatos. Soy una residente más en un largo verano, otra de las que salen a secarse el sudor en las terrazas a la hora en que las cigarras empiezan a cantar y el viento levanta el polvo de calles repletas.

Un trago frío me baja por la garganta. El ruido del hielo derritiéndose en el vaso. Ah, de este ruido nace ahora un placer discreto, una calma en la que mi espalda, adolorida, se relaja, mis brazos se sueltan. Oigo relinches, resoplidos. El gallo del vecino canta a esta hora, como a cualquiera. Canta cuando le da la gana. Los animales anuncian la oscuridad, yo la recibo bebiendo para perderme entre los ruidos y los puntitos arriba, en las constelaciones que nos miran como siempre, visibles aquí, lejos de la ciudad.

Ciudad, mi nueva versión de infierno.

Hace un mes miraba por mi ventanal de doble altura hacia la cafetería gringa en la contraesquina de la calle Río Balsas en México, cuando sonó el intercomunicador. Cinco pisos abajo, el hombre de la recepción me avisaba que traían un paquete para mí, pedí que siguiera quien fuera y esperé en la puerta. Del elevador salió el chofer de mi ex. Venía a dejarme una caja con correspondencia enviada antes de que cambiara la dirección, y una cartica colegial con una letra desgarbada que me pedía un momento para hablar. Le dije al chofer que esperara y escribí en el mismo papel: «No». Entré, tiré la caja en el piso, me puse unos jeans desteñidos, tenis y camiseta blanca, y salí a caminar de nuevo la ciudad, sin bañarme todavía. Fui a recorrerla con paciencia, como hacía cuando recién había llegado, cuando aún me deslumbraban las fachadas neocoloniales, el Art Déco y los monumentos a la Historia.

Mi divorcio, como le digo, coincidió con una llamada de la encargada de cuidar esta casa en el islote. Desde los seis mil kilómetros a los que me hablaba con ese acento que por crianza asocio siempre con el cariño, me contó que estaba vendiendo sus cosas para dejar San Andrés definitivamente. Su mamá estaba enferma y sola en un pueblo de Sucre, y además la vida aquí le resultaba cada vez más angustiante. Me pedía indicaciones sobre con quién dejar las llaves de la casa a partir de mediados de julio. Le dije que la llamaría el lunes siguiente y colgué. Pensé en un millón de cosas, pero no me costó mucho unir los puntos.

Ese sábado, luego de colgar, empecé contando mis pasos, que sentía retumbar en las sienes, aturdida todavía por una reciente recaída. Caminé y caminé, fijándome en los locales de las cafeterías y los restaurantes vacíos. A esa hora todavía la colonia estaba sola, a diferencia del centro de la ciudad. No saludé a nadie en el camino, a pesar de que las caras se me hicieron todas conocidas. Después de un tiempo, de un cierto número de contactos y de rutinas diarias, cualquier lugar comienza a sentirse como un pueblo, por más grande que sea.

Caminé hasta que perdí la cuenta, hubiera llegado hasta la Basílica de Guadalupe, hasta el Cerro del Tepeyac, pero me devolví en la glorieta de Cuitláhuac hacia avenida Juárez. Pasé el Palacio de Bellas Artes y el fastuoso edificio de correos, tomé la peatonal de Madero hasta el Zócalo, anduve viendo individuos repetidos, una y otra vez, como si mi entorno se estuviera desenrollando, desdoblando como se desdobla un fajo de papel picado, a mi derecha, a mi izquierda, con figuritas iguales, sobre un fondo estéril de concreto. La melodía desde las cajas de música en las esquinas, accionadas con un torno por el brazo cansado del limosnero, me hizo ver a la ciudad como la parodia de un circo malo. Luego de ver la bandera ondeante en la Plaza de la Constitución y las carpas blancas de un largo plantón por los estudiantes desaparecidos de Ayotzinapa, regresé a la colonia Cuauhtémoc. Tomé Paseo de la Reforma hacia la zona coreana, mirando de nuevo hacia la columna de Niké, puesta en medio de una rotonda en el cruce con la avenida Florencia. Recordé el poder que sentía cuando veía el ángel bañado en oro. Me pareció que era otra la persona que había sentido calma esas noches, cuando encontraba algún asiento y me quedaba absorta en la diosa alumbrada de neón violeta, viendo la sombra imponente del león de bronce proyectada sobre las fachadas de los rascacielos. La diosa, su voz que antes sonaba en mi cabeza, se quedó callada, no interrumpió mi malestar ni mis dudas, como si esa parte de mi consciencia me hubiera dado permiso de doblar las rodillas. La miré de reojo, con tristeza sumisa, sin fuerza para tener rabia.

Tomé el celular y me puse los audífonos. Llamé a una compañera de la sucursal en la que trabajaba, y que vivía cerca, nos pusimos cita en un café de cadena. Yo necesitaba ayuda con una reclamación de seguros y con un par de renovaciones, le conté que me iría unas semanas, tal vez unos meses. Le ofrecí parte de mis comisiones por manejar la cartera el tiempo que estuviera lejos, «¿cuánto tiempo te vas, luego? ¿Y Roberto?», preguntó con su marcadísimo acento chilango. Me miró con ojos oscuros grandes, agachados. Quién sabe cuánto tiempo, dije. Estuve unas dos horas con ella y la llamada en el camino de regreso fue para alguien a quien sabía que le interesaría la cesión de mi contrato de arrendamiento recién renovado. El apartamento, de dos habitaciones y una inmensa sala de estar, estaba en un edificio premio de arquitectura, de estilo funcionalista. Me había tomado mucho tiempo conseguirlo a mi gusto, amueblado parcialmente con estilo ecléctico y con una ubicación céntrica pero silenciosa. Yo arrendaría solo el depósito para guardar algunos muebles y algo de ropa que no me serviría de nada en el Caribe.

Me largué con angustia, aunque la ciudad en verdad no me opuso resistencia. Claro que me llamaron, amigos, colegas, potenciales nuevos amantes. Claro que hubiera soportado más, ¿pero para qué? Poder, solo por demostrar que puedo, romperme para cumplirle al pasado con sus decisiones, para cumplirme a mí unas promesas como si fueran una camisa de fuerza, ocuparme, distraerme para salvarme del miedo que sentí luego del accidente de mis padres y con mi diagnóstico. Hace años hubiera preferido desgarrarme en vida, solo para no volver nunca a San Andrés, para no recoger los pasos, que es lo que uno hace cuando no tiene ni puta idea de lo que quiere.

El vaso suda sin control, los últimos cubitos naufragan hasta deshacerse. El instinto me hace repasar cada tanto los guardaescobas y las esquinas del techo. Por suerte esta vez no encontré nada, no veo cucarachas en la terraza, apenas hay un par de salamandras que se la pasan cantando. Vuelvo a mi mesa auxiliar, de la que no ha sonado música en al menos veinte años. No la necesito tampoco. Muy lejos, al borde de lo audible, detrás del ruido de turbinas, suena un acordeón.

El vuelo de regreso a Colombia fue lo más placentero que he vivido en mucho tiempo, debo decir, más que los vuelos a las convenciones y los triunfos comerciales, más que las súplicas de Roberto o que las despedidas de los amigos. Cuando despegamos vi, desde el dolor de los ojos hinchados los dos volcanes en el Valle de México, los dos amantes, el guerrero y la princesa. La Iztaccíhuatl, la mujer dormida, estaba rocosa y despojada de su nevada, y el Popocatépetl, humeando. Sentí magia de nuevo con esa despedida, como cuando me flechó por primera vez la ruina moderna que ocupa las faldas de los amantes. ¿En qué momento, en qué momento me ensombreció la nata? No lo sé decir. Ciudad de México fue renovadora, aprendí a vivir con mi condición crónica, a tomar mezcal sin que se me disparara la glucosa y a amar a un extraño que me ofreció lo que pudo.

Luego, poco a poco, la ciudad me tragó entera, con sus vicios, su machismo y su lluvia ácida, con la capa de esmog que la cubre día tras día, con la gente hipócrita, con Roberto y sus mentiras. Un día compré una revista de la que cayó una separata escondida en la que aparecía el Caribe. De la nada me acordé de que yo venía de ahí, de ese mundo de belleza exagerada. Después del peor ataque de hipoglucemia que he tenido desde la muerte de mis papás, luego de un día de mierda que acabó con un desmayo en medio del tráfico de la ciudad, decidí que necesitaba estar aquí, aislada, sola.

Ladran los perros.

Las cigarras me hacen olvidar, el ritmito me relaja y dejo de repasar por un instante que la glucosa debe estar por debajo de 130 miligramos sobre decilitros, que debajo de 70 puedo desmayarme, que todo eso lo aprendí como distrayéndome del duelo de hace años para no morirme yo también. Pero mi cabeza vuelve a repetirlo, como un rayo, un kit con información de supervivencia. Me pinchaba los dedos todos los días, todo el día, tenía pequeños cayos en las yemas y cada una de las tres inyecciones diarias de insulina era una tortura. Ya no me duelen, ni las siento. Luego salió el sensor que ahora uso, reviso mis niveles con la pasada del monitor negro. Dice 100, estable, por las últimas dos horas. Debo contar siempre, una operación automática, contar gramos de carbohidratos y azúcar, calcular unidades de insulina, contar horas de ayuno, calorías, tiempo de actividad física. Ahora que lo pienso, mi vida era más fácil aquí.

San Andrés es, de un lado, tal como la recordé con ese número de *Forbes Travel,* considerando que sabía que no es lujosa u organizada, como lo pintan en las imágenes Curazao o las Islas Vírgenes Británicas. La belleza del mar es cautivante, parece ser exactamente el mismo que la última vez que lo vi a través de la ventanilla, en un despegue hacia Bogotá. Seguramente ahora que perdí la costumbre me enamoraré de nuevo del paisaje. También sé que, al menos este Caribe, es un completo desastre. Y sé que es lento, tiene su propio compás. Reprochar no sirve de mucho. A nadie le importa incumplir citas, cancelarlas sobre la hora o dos horas después, a los trabajadores menos. Hacer un plan aquí es una terquedad; se hace más por mantener una formalidad que con la intención de llevarlo a cabo. En cualquier momento algo extravagante puede pasar, y lo mejor es mantenerme abierta para no perder la paciencia, por pura salud mental.

Sobrevolar el archipiélago fue muy conmovedor. Venía exhausta de la salida del valle, de tantos cierres a medio hacer y de la escala en Bogotá. Tras una hora y media de vuelo sentí el inicio del último descenso y el lecho azul oscuro empezó a vetearse de verdes vivos. Cerré los ojos y empecé a recrear la sensación del agua salada rodeándome el cuerpo. Pronto los cayos del sudeste aparecieron, no lo recordaba, o tal vez nunca lo supe, pero la perspectiva aérea los convierte en una enorme mariposa bordeada por la espuma blanca de las olas que rompen contra el arrecife. El avión vira a la derecha, desciende un poco más y aparece algo increíble, entre nubes, el famoso caballito de mar, rendido a su elemento, delineado por la costa de playas y rocas. Desde el aire la isla parece ese animalito, un navegante, una porción de este archipiélago de coincidencias fantásticas. Qué pequeño este territorio, el avión sobrevuela por la parte oeste, sobre el mar, hasta que toca tierra y frena enseguida en la corta pista de la punta norte. La gente aplaudió el aterrizaje, llegaron al paraíso, aunque a lado y lado de la pista las casitas de material están casi todas descascaradas, las calles destapadas y polvorientas. Luego, me llegó ese olor particular cuando se abrió la puerta del avión; la sal, el dejo de la pesca fresca, el coco. Protesté: ¿todavía había que bajar del avión con escalera, tropezando con el equipaje de mano? Miré hacia mi derecha, hacia la casa de techos triangulares que es el aeropuerto, ambos puentes de abordaje colgaban flácidos del edificio mal pintado. Me ofusqué un poco. Miré al frente y vi las canoítas y las lanchas, apostadas tras el pequeño rompeolas del pescadero, la carretera de la cabecera de la pista y el islote Johnny Cay, que me pareció que había caminado hacia San Andrés y se veía gigante, y así se me traspapeló la queja previa, viendo volar gaviotas y manawares. Rápidamente mi humor se inundó de una sensación de gratitud que por poco me hace llorar. Dos aviones más arrojaban a los pasajeros sobre la plataforma sin señalizar del Gustavo Rojas Pinilla, tres tipos bajaban a los tropiezos a una viejita en su silla de ruedas por la escalera de un Airbus operado por una aerolínea que no reconocí.

Después de caminar por la rampa y de sobrepasar a los turistas colombianos que usaban el selfie stick para fotografiarse con el avión de fondo, la alta señorita que orientaba a los recién llegados me invitó a la fila saturada de pasajeros del vuelo anterior. Intenté sonreírle, pero me salió más bien una mueca frívola y seguí dirigiéndome hacia el cubículo que registra el ingreso de los residentes y raizales.

Estoy acostumbrada a parecer turista y ahora más, porque la sensación de calor no me da como para seguir el código de etiqueta local. Saludé en inglés a la agente de control de circulación y residencia, me devolvió el saludo, me dio la bienvenida y seguí a recoger mi equipaje. La banda transportadora estaba dañada y el escáner de la policía también. Caminé por el corredor del aeropuerto hacia la fila de taxis, dos hombres se pelearon por llevarme, yo pregunté el precio aclarando que soy local; no me iban a cobrar como se le cobra a un turista. El conductor, un nativo flaquísimo y altísimo se rio de mí y me mostró su incisivo de oro mientras alzaba mis dos maletas tambaleándose, *di price is di siem: fifteen tousend pesos, miss!*

Sigue siendo el mismo pueblo, aunque los semáforos sí que son una novedad. La calle principal desde el aeropuerto no tiene andenes aún y el Chevrolet Caprice de amortiguación exagerada, en el que vine meciéndome hasta la casa, tuvo que esquivar los mismos huecos de hace veinte años. La primera entrada a mi barrio, en el que tengo por vecinos a varios exgobernadores, es una carretera larga, contigua a la pista de aterrizaje, que más adelante acaba en un barrio de invasión y llega hasta el lado oeste de la isla. Sarie Bay es supuestamente un barrio de personas pudientes, de personalidades de la isla, gente que ocupa cargos públicos y comerciantes reconocidos, pero esa vía está apagada como hace quince años, cercada por los ladrillos crudos del muro del aeropuerto. Unos niñitos cenizos jugaban descalzos entre unos charcos que ni siquiera parecían del día, unos pelaos mayores habían dejado al lado de la carretera sus bicicletas oxidadas para asomarse hacia la pista por uno de los huecos del muro, esperando ver el despegue del siguiente Airbus. Cruzando la calle me extrañaron algunas fachadas que anunciaban habitaciones o posadas para turistas, un grupo de cuatro manes probablemente paisas, con trencitas de esas que hacen las cartageneras en la playa, caminaba desde la calle que daba a mi casa, en dirección a la peatonal, hacia el centro.

En cuestión de dos horas estarán ebrios hasta la inconsciencia con vodka ordinario, pensé.

Me he distraído estas semanas haciendo lo posible por atender las largas consultas de negocios desde México, el oficio en la casa y claro, esas visitas de los vecinos del callejón. Ningún nativo. Algunos han venido a saludar, me han visto barriendo la entrada y arreglando el jardín, y, con los días, han pasado a contar alguna historia sobre mis padres. He soltado algunas lágrimas. Mi papá, cuando era radioaficionado y hacía mantenimiento a las antenas en La Loma. Mi mamá, cuando era de los rotarios, o las clases de tenis en el Club Náutico, los paseos a caballo, las idas en yate a Cayo Bolívar, los banquetes de Navidad, o mi papá como comentarista radial en un programa sabatino de salsa: «la salsa es el género, el guaguancó, el chachachá, el son bolero, son ritmos de la salsa». La señora de la esquina me recordó la visita dominical a la iglesia de San Judas, la del «patrono de los casos imposibles», mi mamá siempre repetía lo mismo. La señora se acordó de su ajiaco, admirada de lo rápido que se acababa en los bazares de semana santa, y de los años en los que fueron comerciantes. Aquí enfrente estaba siempre parqueado el Sedán aquel, que fue el único de su modelo durante mucho tiempo, y en la terraza tras el rejado blanco, la Harley Davidson de mi papá. La señora de al lado, otra de las que me vio crecer, hace tiempo viuda, me habló yo diría que con desespero en su cara de dormida, una mañana antes de las siete que salí a sacar la basura y a cortar las hojas de la sábila para un aloe.

Estaba en piyama y descalza, desde su terraza llena de helechos me dijo: «¿te vas a quedar aquí? No te quedes», se disculpó con una escoba en la mano, «pero es que aquí no hay futuro». En un momento de distracción solo contesté que sí.

Tal vez tenía razón, en San Andrés lo que hay es puro presente. Recordé la ridícula emisora mexicana el día que casi me muero en el tráfico. Sentí a esa señora como a mi mamá, sufriendo por los días en que alguna empleada del servicio la había abandonado y se aburría de cargar con el peso de la casa ella sola. A mí, a pesar de todo, me parece poco.

La casa está tan vacía que casi puedo escuchar el eco de mis propios reclamos desde alguna de las tres habitaciones solas e hirvientes. Escucho, por supuesto, las voces de mis padres, sus pasos todavía, por estas escaleras de piedra, y las manos sobre el barandal. Lo que tengo ahora que la casa está decente es tiempo para no hacer nada, para llenar días y noches con lo que salga, con el desahogo de las preguntas, los cuentos mentales, las mentiras que me digo, con estos apuntes desordenados.

Por ahora no quiero saber nada más de arreglos. Antes de dejarme, la mujer que cuidó la casa por años me ayudó a limpiar, a hallar un orden a mi gusto, pero sobre todo a recibir al desfile de trabajadores. Las adecuaciones fueron variadas, semanas de polvo y de conversaciones exóticas que me refrescaron el acento costeño y el argot popular. Arreglé la nevera, la lavadora, los inodoros y la estufa a gas. Pinté la fachada y busqué a un jardinero para arreglar esos ficus altos medio muertos. Luego de prácticamente rogarles a plomeros, técnicos de refrigeración, electricistas, pintores y maestros, y después de muchas esperas en vano, resolvimos lo mínimo. El comején se había anidado en la habitación del servicio y cucarachas monas aparecían a cada rato en el baño del segundo piso. Llamé a un fumigador por recomendación de un vecino y las paredes quedaron cubiertas de aceite, los techos, los armarios, las ollas, todo. Nunca me habían dolido tanto las manos, el cuerpo. Por el veneno tuve que pasar la noche en una carpa en esta terraza en el segundo piso. Finalmente, terminamos de lavar todos los blancos, de sacar bolsas de basura llenas de cuadernos viejos y de adornos dañados. Quité las imágenes religiosas de las paredes y pinté todo de blanco adentro también. El cielorraso todavía está descubierto en una de las habitaciones, con una obra pendiente en la que no pienso embarcarme inmediatamente. Entre tanto alboroto, que suba y baje escaleras, que busque herramientas, cotice materiales y pelee con trabajadores, no he pensado en nada más allá de lo inmediato. No vine a hacerme esclava de esto, necesitaba parar. La casa me parece más grande que nunca, pero ahora que toda me pertenece y que no tengo cómo llenarla, no estoy de ánimo para tomar decisiones.

Creo que en el fondo, incluso antes de que mis papás se divorciaran y se mataran en una autopista de Bogotá, siempre fui así, desconsolada. De entre los cuadernos del colegio salvé unas páginas, escritas cuando pensaba que vivir aquí era lo peor que me había podido pasar, que estar rodeada de mar era la peor circunstancia en la que había podido nacer, sobre todo por la profunda soledad de no ver mis rasgos en la cara de nadie, de no entender nada. Aquí las tengo, va un trago largo que me quema, brindo por mí, las leo de nuevo.

*Este pueblo me colma la paciencia, no tengo mucha igual, no sé qué se hizo esa cualidad entre mis raíces. Supongo que mi ascendencia es todo un manojo de ansias. Yo soy isleña, se supone, como la abuela a la que conocí más que todo en fotos. He vivido siempre en este lugar fuera del mundo, mundo que aquí llega a través del muelle o del aeropuerto, o está en libros ya mohosos que al abrirlos se desbaratan, que se desarman letra por letra porque igual leídos desde aquí no significan nada.*

*A todos nos ensombrece una soledad que se encierra tras las pieles de colores. Miro a los ojos a todo el que veo, es mi pasatiempo en el camino de quince minutos que hay de la casa al colegio los días que no pasamos por la zona del Rock Hole, por donde a esa hora no se asoma nadie. Prefiero el camino contiguo a la playa y la desviación hacia la mezquita, por donde pasea por la calle una manada de animales inciertos, mi padre dice que parecen faisanes. Busco en las miradas, de los árabes con quienes comparto el origen de un apellido, miro sus frondosas y pronunciadas cejas como las mías, al lado de vitrinas de ventiladores, alfombras y chucherías de plástico, de cajas descoloridas por el rayo de sol, o de perfumerías con nombres en francés; busco también en las miradas de los nativos pistas sobre mi cabello esponjado, mi quijada ancha y mis pies cuadrados. Eso sí, no hay negros en la familia, me insisten. En mis ojos hay un azul como el mar del atardecer, cercado por un aro que es amarillo, como un desierto.*

Mis padres eran continentales, ambos trasladados aquí porque hubo la oportunidad, pero mi abuela paterna era isleña y es por ella que soy raizal, aunque creo que ella nunca se llamó a sí misma de esa forma. Eso de mirar a los ojos era una obsesión, andaba comparándome con todo. Nunca entendí, no entiendo aún, lo que significa ser tan distinta del resto de los raizales. Apenas ahora, que he escuchado que los nativos han quemado sus cédulas de ciudadanía en señal de rechazo, me lo pregunto de nuevo.

*Por fortuna, son estos los últimos pensamientos desde el islote. Mi fantasía de largarme se cumplirá en menos de un año. ¿A dónde? Lejos de la isla en la que soy el nombre de otras personas, donde todos los escondites son o predecibles o inalcanzables. Yo cierro los ojos y veo montañas, carreteras anchas y largas, voy andando hacia un horizonte finito, y a lo lejos veré tal vez eso que se llama sabana, y un pueblo y otro más, y seguiré avanzando, porque avanzar debe ser nunca volver al mismo lugar.*

*Me pregunto qué será experimentar el silencio y el frío al mismo tiempo. En mi casa y en el carro siempre estoy a veintiún grados centígrados, así que el peor de mis infiernos queda en el colegio, y ocurre especialmente después del recreo a las nueve y media de la mañana. Entre las páginas de mi enciclopedia busco a Suecia, a Rusia, donde haya nieve, estrellas distintas, bosques donde perderse, y rubios rosados como Carol y su hermano. La casa de al lado todavía está vacía desde que se fueron…*

No me acordaba de esos vecinos. A Cristina, la mamá, le gustaba andar desnuda todo el día, o tal vez era que no soportaba el calor. Los tres debían salir de la isla para renovar su permiso de estadía cada seis meses, iban a Panamá y regresaban el mismo día o al día siguiente, y así lo hicieron por un par de años, hasta que la OCCRE, la oficina de control de circulación, no los dejó entrar de nuevo. ¿Qué pasaría con sus cosas? Ni idea. Extrañé sus caras un tiempo, pero quedaron las caras extrañas de la pelirroja Justyna, que creció frente al mar de Gdansk, y me enseñó entre sus labios de papel a decir el casi impronunciable hola en su idioma. También la de Hauke, que acababa de llegar de Alemania, pero que hablaba el perfecto español de su mamá raizal; y la de Tamara, una vienesa recién llegada que también era mezclada, que intentaba hablarnos en un español algo más sufrido. La polaca y yo éramos, de hecho, las más blancas del salón. No había cachacos, hubieran sufrido un poco, y los demás no eran propiamente isleños; sus papás llegaron del continente, y ellos solo habían nacido aquí. Éramos apenas veintidós estudiantes en la clase.

En la isla el pasado es muy importante, es una cita constante en el día a día. Ya hacía un par de años mi papá había invertido semanas reuniendo información para hacer nuestros árboles genealógicos. Hablaba por teléfono con familiares lejanos que conozco solo de nombre, emocionado por los parentescos descubiertos recientemente. Durante el almuerzo empezó a recordar regularmente su infancia, en el paseo semanal para dar la vuelta a la isla contaba anécdotas sobre la familia de su mamá, su abuelo, el terreno o el edificio aquel. Los tres nos tomamos fotos con fondo blanco en Fotomar y llevamos los documentos a una oficina en un segundo piso frente a la gobernación. Meses después reclamamos unas tarjetas doradas que ya no se usan, pero que entonces nos distinguían a mi papá y a mí de los que simplemente eran residentes, por ejemplo como mi mamá, que debía entrar y salir de la isla con una tarjeta color plata.

Nosotros somos raizales, raizales diferentes. No tenemos nada de negros, decía mi abuela. Nunca lo entendí. Nuestro inglés —¿cuál inglés?— era el británico, y los negros eran los esclavos. Pero por más que ella insistiera, mis primos cachacos me molestaban, dice en el cuaderno, pelo cucú, dicen, rancho viejo, bom bril. Nunca me cayeron bien con su pelo recto y con esa pausada hipocresía para pronunciar las palabras. Mi mamá me contó que cuando nací, mi abuela le dijo que mi pelo y lo demás seguro no venía de su lado, sino de algún negro andino, seguramente, perdido entre mi familia materna. Sí, seguramente.

Ahí va, la parte en la que escribí sobre el colegio. Tenía razón, llegué jodida a Bogotá. Al inicio lo disfrutaba, la novedad y la variedad se anteponían a la dureza de la ciudad.

*En el colegio somos ciento veinte estudiantes, es el mejor aquí, pero seguro que llegaré jodida al continente. Nunca he podido con los números, y aunque soy mejor que el promedio con las palabras, no es que haya mucho rigor en las lecciones de Español o Inglés. Yo no puedo con ningún libro completo. Los únicos libros que me han gustado son historias cortas que ocurrieron casualmente en escenarios que entiendo bien, como el del cielo y el mar en Juan Salvador Gaviota, o el de una celda, en Mientras llueve. De resto leemos resúmenes de las novelas, si acaso, y eso basta para la evaluación. Los dictados de ortografía son divertidos por cómo el profesor cartagenero gesticula la pronunciación de las sobresdrújulas, para soplarnos dónde carajos es que van las tildes.*

Encontré varios de esos dictados también entre los cuadernos, una que otra nota de amigas, dibujitos; el nombre, en cursiva y en letra de molde, en distintos colores, del pelirrojo vecinito árabe a quien adoraba en silencio, hasta que su familia se lo llevó a Isla Margarita; calcomanías que venían en los paquetes del recreo, nunca supe a qué debía saber una galleta wafer o cómo eran de crujientes en realidad las papas de paquete hasta que las comí en Bogotá. Aquí todo era rancio, aguado, húmedo.

*En mi registro de paisaje hay un mar, unos cayos y unos bancos, rocas de corales muertos, una loma de dieciséis metros de elevación encumbrada con una iglesia a la que nunca he entrado y una laguna que constituye el monteadentro al que se puede llegar aquí antes de salir otra vez al mar. Hay palmeras, mangles, cangrejos blancos y rojos, jaibas azules y blancas, peces, peces, peces. Hace tiempo dejé de capturar ermitaños para improvisar su hábitat en envases plásticos de helado de Dos Pinos, de recolectar conchitas, o de jugar con Soca mientras aparecía alguna lagartija que secuestrar entre la ropa al sol. El resto, el mismo mareo azul y verde, azul y verde, azul y verde. Este entorno se repite, atorado en el óvalo infinito que es la avenida Circunvalar, donde los carritos de golf andan a treinta kilómetros por hora, reventados de turistas borrachos vestidos de colores fosforescentes. Puros chancletudos.*

*Aquí todos deben desesperarse en algún momento. Y el que desespera fuma, o bebe, como yo esta media de aguardiente que cargo en mi mochila. Estamos de frente al mar, ese mar bello, y no miramos nada más, de pronto ahora solo trato de protegerme, y me enfoco en el manto que ha sabido traer todo, la comida, la gente y el óxido, todo, menos la dicha que debe haber en otras partes. Los amigos que tengo están aquí en la playa, nos iremos, casi todos, y estos días quedarán atrás. Las bolsas de basura desparramadas que la empresa recolectora ha rehusado recoger porque ya no caben en el botadero, atrás. El agua salada, los huecos de las calles angostas, el calor imposible dentro de ese maldito uniforme de paño, los coros que nos obligan a cantar los monjes capuchinos, el mareo de dar mil veces la vuelta a la isla, todo se quedará aquí, en el pasado al que pertenece este lugar, atrás.*

*Sí, que la ciudad es peligrosa. Mi mamá ha contado varias veces su recuerdo de ir en bus y sentir unas uñas afiladas jalándole la cadenita de oro que le había regalado su papá en el pueblo antes de irse. A veces me parece que eso —y un hombre masturbándose en otro bus— es lo único que recuerda de Bogotá.*

*No hay opción, yo también voy para el centro, dicen que allá quedan las mejores universidades de Colombia. En las noches ocupo el teléfono y me conecto a Internet y veo las páginas de varias de ellas. Hay estantes repletos de libros, salones con computadores y estudiantes concentrados en discretas salas de estudio. Los jardines coloridos muestran gente tendida en el pasto, las oficinas son atendidas por personas de traje y mujeres bien peinadas, y hay extractos de perfiles de profesores que vienen de Francia, de Inglaterra. Me sitúo con dificultad dentro de esas imágenes distantes, mi imaginación trabaja sin la ayuda de la memoria.*

Mi primer recuerdo concreto de Bogotá es también en el transporte público, es una coincidencia. Lo importante ocurrió afuera, un habitante de la calle cagaba en el camellón de la avenida Caracas con 23. Recuerdo ver incluso la forma del pedazo que hizo, el sentimiento de indiferencia que vi en su cara. No importaba nada, acurrucado con el culo al aire, no importaban las miradas porque él tampoco le importaba a nadie, y lo sabía. Jamás hubiera podido ver eso en esta isla, que entonces tendría ya unos ochenta mil habitantes, ni eso ni las prostitutas de la 22, y así, todos los días de camino al centro. No me imagino cómo le fue al resto de mi clase…

*La mayoría de pelaos de mi clase no ha ido a Colombia. Yo sí he ido al continente. Me impresionaron sobre todo las calles como toboganes y los almacenes grandes de Barranquilla, cuando íbamos a los chequeos*

*médicos de mi papá. Y los edificios. Cualquier edificio de*
*más de tres pisos me resulta curioso, digno de reparo.*

De Bogotá tenía algunas imágenes borrosas, de cuando tenía ocho años y me llevaron al entierro de mi abuela. Allá murió luego de muchos años de exilio, nunca quiso volver. Recuerdo que de niña me parecía particular el olor de la impresionante sección de frutas y verduras del supermercado, y me acuerdo del cementerio. Esa planicie de tumbas era hasta entonces el terreno más extenso que había visto.

*Pronto será la hora de los mosquitos, la media se acaba*
*y desde el puesto de coco-locos sigue sonando reggaetón.*
*Aprovechamos las últimas tardes para el bronceado y*
*bebemos. El agua nos ahoga por todas partes. Yo solo quiero*
*ver bosques de pinos, y hacer lo que me dé la gana antes de*
*que aquí lleguemos al suicidio colectivo.*

Sin estas páginas quizá hubiera jurado que antes de mi diabetes era feliz. No lo era. No contaba con ciertas cosas, claro, no contaba con ser la última en mi familia. Pero regresé, antes del suicidio colectivo, ¿o justo a tiempo? No hay una sola persona que me haya saludado con algo distinto a las quejas. Ahora pienso que quejarse es parte esencial del carácter insular. Yo todavía estoy en un período en el que todo planteamiento sobre un problema me parece insignificante. Debo inyectarme ahora y bajar a comer algo. Mañana cuando sea de noche otra vez, estarán de nuevo las estrellas y yo volveré con otro vaso de whisky lleno a mis reflexiones sobre la fortuna que constituye el aislamiento, sobre lo mucho o lo poco que puedo hacer con mi vida de ahora en adelante, cuando de nuevo está todo por decir.

# II. APUNTES DE RETORNO

Está tan soleado que esta ropa estará seca en unas dos horas. Una mujer desde el patio que da a mi muro grita con una voz chillona «¡hola, mami!».

Ambas hacemos lo mismo. Yo, porque mi secadora está dañada y estoy esperando la llegada de un repuesto desde Bogotá. Aquí tengo mis bermudas blancas y mis vestidos claros. La mujer, veo, extiende unas prendas oscuras y unos calzoncillos grandísimos que deben de ser de su marido. Son los mismos vecinos desde la infancia. Si recuerdo bien, ella es la esposa paña de un taxista raizal que estudió en el colegio con mi madre. Nos divide una pared que alguna vez escalaron unos ladrones, una de las fronteras que mantuvieron mi burbuja de la infancia.

Debo bajar a la cocina para prepararme algo de desayuno. Lavé temprano y ahora comeré algo con los bananos que conseguí en el centro, luego de buscarlos mucho. Pagué casi tres veces el precio mexicano. Me siento un momento a recibir la brisa y a mirar en el cielo el rastro alto de un vuelo transcontinental que va hacia el norte. Una irrupción más abajo me distrae. Son dos colibríes feroces, ¡zum, yiiiz! Intento seguir el show de los espadachines en el escenario épico de esta terraza destrozada.

Todo está cubierto de moho, del hongo negro verdoso de la humedad, los frisos y las cornisas de concreto cedieron al salitre y el yeso y la pátina de la gruesa baranda blanca se descascararon por completo. A la altura de mis ojos vuelven a golpearse, el de pecho verde brillante se abalanza sobre su oponente, otro pájaro minúsculo como él, un poco más oscuro. Escucho un ruidito sordo, un pico le apunta a la cabecita, ¿por qué diablos lo hacen?, pienso. ¡Oye, bájenle! El más oscuro vuela fuera de foco, el fuerte monta desde un postecito blanco una guardia nerviosa, con el pecho agitado. De eso se tratará en tu mundo, pequeño, de apoderarte de algo, te dará seguridad en tu vida breve. Son tan chiquitos, tan curiosos, ¡y cómo se atacan! Creo que veré seguido al campeón, sin poder moverse de su torre, ahí donde está, volteando histriónico hacia todos lados. Poseer tampoco es fácil, me dice el nerviosismo y la agresividad del pequeño; no podrá volar tranquilo, ni muy lejos, como yo ahora en esta casa. El otro deberá seguir buscando. De eso se trata, buscar, conservar, aferrarse. Pensé que se matarían. Así que tengo en la terraza una disputa. Aparto la mirada hacia uno de los andamios en la construcción de los nuevos apartamentos para turistas. Están por todas partes.

La vecina de atrás canta un aire vallenato, «el dolor que un día de mí se fue…», me levanto y la veo tirar algo desde un colador y ahí aparecen las gallinas. Esas son las que escucho cacarear desde temprano como si también se quejaran de algo y de fondo sigue el insistente pío pío pío. Sonrío, por si me ve la señora. Allí está ese otro ruido. No son las ocho aún, reviso, ¿y ya empieza el alboroto de tumbos metálicos? Sierras, taladros. Me asomo desde el otro lado del balcón.

Son tres construcciones que distingo, la primera es este edificio a menos de veinte metros de mi casa, desde donde ahora un obrero me saluda *mami, buenos días, ts ts, reina*. Para que no se me malentienda, no puedo devolver el saludo. Otros ruidos son un poco más distantes, cincuenta metros, cien. Sierras, golpes al concreto. Pasa la brisa y veo la mata de plátano sacudirse contra la cerca encima del muro. En mi línea de tiempo ese plátano, por ejemplo, sería eterno, constante. Ha estado y estará allí para siempre. Ahora hay una segunda mata, tiene esas flores de enormes bulbos morados y está cargada con dos racimos verdes y gordos. El gallo canta y yo reacciono, agarro mi cesto con ganchos y entro a la casa. Ya hace calor a pesar de que le madrugué al sol. Colgar la ropa, pienso, colgar la ropa ha sido de lo más original que he hecho en quince años.

No había tenido contacto con nadie de la isla casi desde el último año de colegio, pero le escribí a una nativa con la que estudié, Juleen Brown Martínez, a la que vi muy activa en su perfil social. Espero su respuesta, a ver si anda por aquí todavía.

Acabo el cereal y la avena. Estoy en 115. Por debajo de 130. Por encima de 70. Son las 8:20. Miro el plato vacío, tan familiar, que me remite a muchos años atrás, abro la llave del agua para lavar la loza. Ya no me impresiona tanto, porque después de mucho insistir, por fin llegó la carga de agua dulce para la cisterna. La primera vez que encendí de nuevo la motobomba para propulsar el agua del pozo hacia los tanques en el techo, me asusté por el olor, casi me da un ataque. En esas, uno de los trabajadores me dijo con acento muy golpeado que, aunque el agua oliera ligeramente a azufre y a orines, yo tenía suerte, que en su barrio la empresa casi nunca abre el registro los días que es, que la gente depende de baldes y botellones, los que pueden conseguir, porque en la isla hay, en general, escasez de botellones. Y ¿cuándo los turistas se quedan sin agua? Nunca, nunca, decía el tipo manoteando. Todavía tengo en la piel de los brazos unos parches blancos por bañarme con agua de pozo durante esas semanas. En el colegio eran los niños de otros barrios los que tenían paño, los de los barrios pobres. En esos años el acuífero subterráneo estaba bien, nadie sufría por eso en el barrio de los gobernadores, pero ahora está podrido por la sobrecarga y porque el contenido del pozo séptico debió de haberlo inundado. Somos muy inteligentes, pensamos a futuro, somos del Caribe.

Apenas he salido. Fui una vez a la playa y a los supermercados, que parecen siempre abastecidos a medias. Ah. Fui al centro para buscar la forma de tener internet. Esa fue una causa inútil, como muchas. En el barrio ya no hay cupos para instalaciones domiciliarias por la demanda de las posadas. La única solución fue comprar un módem inalámbrico, con una capacidad de 10 megas, en una compañía de telefonía celular. Un ojo de la cara y no sirve para mucho. Aislada sí estoy, en eso será bastante parecido a la vida del siglo veinte, pero después de haber solucionado lo básico de los negocios en México, esa idea no me molesta mucho. Este mundo por aquí se me hace tan pintoresco, y todo el mundo se queja, así que tiene un dejo de decadencia que le cae perfecto a mi estado emocional. No he pensado en nada, vuelvo. Casi ni en Roberto. Cuando he querido llorar, me he encontrado simplemente demasiado cansada como para meterme en eso. Desde hace dos semanas he estado más o menos estable, mido con el monitor de nuevo. Perfecto.

El día del entierro de mis padres me desmayé cuando iba de regreso a casa desde el cementerio al norte de Bogotá. Llevaba varios días con una sed mortal, seca por dentro. Llegué a tomarme siete u ocho litros de agua en cuestión de doce horas, pero cuando fui a urgencias el diagnóstico fue gastroenteritis. Duré dos días más como un trapo, tirada en el sofá o en la cama. Mi malestar se lo había atribuido al duelo, a las imágenes reconociendo sus cuerpos de fruta desbaratada, alguna vez fértiles y ahora magullados, a sus facciones, tan suyas y tan ajenas, a las palabras grises en la capilla, al desfile de pésames. Perdí el aliento entre el recuerdo de sus susurros y el de sus gritos. Cuando recobré el sentido ya no iba camino al apartamento, estaba en una habitación de hospital en la que me quedé varios días y de la que salí con manillas, folletos, libros, jeringas, aparatos. Diabética, al borde. Desde ahí en mi cabeza: «la glucosa por debajo de 130 miligramos sobre decilitros y por encima de 70, o puedo desmayarme». Es parte de mi credo.

Mis papás se llevaron todo, se lo fueron llevando con cada detalle de su destrucción, una lenta ruptura llena de dependencia e intrigas, yo los vi, luego se fueron con el poquito de dulce que quedaba en mis venas. Juraría que iban discutiendo, que mi papá perdió el control, que mi mamá puyó sobre alguna herida, que ambos gritaron y que mi nombre salió de sus bocas antes de irse, para bien o para mal. No más. No puedo estar demasiado triste, no puedo perder el control, no puedo dejar de hacer cálculos de miligramos sobre decilitros. Tras siete años sé ya por instinto cuántas raciones de carbohidratos hay en casi todo lo que consumo, cuento cuánta insulina debo clavarme al despertar, antes de cada comida, al acostarme, en la madrugada. Lo que no sé es cómo dejar de cuestionarme, de dramatizar mi condición por lo repentina que fue, por el canibalismo que hay en esa programación trastornada de mi sistema de defensas, porque es irremediable y solo puede empeorar. Algo salió mal en mí y a nivel celular soy el campo de una batalla. Tengo una enfermedad autoinmune y a veces creo que es porque no me conozco lo suficiente. ¿Cómo funciono? ¿Cómo funciona el mundo? No conozco nada.

Me he enterado de algunos dramas de isla. «No, ya no es como antes, mamita», dicen, «tienes que tené' cuidado pa'onde vayas». «Estos días no vine porque allá en el barrio había una balacera y estaba caliente para salir nadie», explicó el plomero el día que apareció cuando ya había dejado de esperarlo. El del agua fue el que me dijo que los botellones se habían acabado y el del camión para la cisterna, que debía entrar a la lista de espera porque el verano está muy fuerte. Ahora nos fastidian más los turistas, escucho, los chancletudos fosforescentes, hay esos vuelos de bajo costo que traen a gente que a veces amanece tirada en la peatonal encima de sus maletas, o que vienen a vender sándwiches o empanadas en la playa para pagarse el viaje. Lo último que yo recuerdo es que de hecho casi no venía nadie; al final de mi bachillerato la crisis en Colombia era tan fuerte que ni siquiera los chancletudos llegaban. Ya veré quién anda por aquí, ya tendré tiempo.

Lo siguiente en mi agenda es ir a la playa. No hay brisa hoy y hará tanto calor que no habrá otra forma de soportar el día. Saldré luego de que se vayan los pilotos militares que he visto salir de la casa de enfrente y recorreré esa calle marrón contigua a la pista, hasta salir al mar.

En la mañana no hay muchos vuelos, no oí el eco de turbinas desde mi casa y la plataforma de la pista está vacía. El pescador de la cuadra es el mismo que recuerdo de mis viajes desde el colegio, tantos años más viejo, pero instalado frente a la misma mesa de despacho, debajo de la báscula, rodeado de lagartijas azules. Un anciano muy flaco en piyama de shorts a rayas y chanclas viejas camina por la carretera, al lado del andén, anda como una tortuga con bastón y en una mano le cuelga una bolsita de droguería. *Los que soñamos somos más*, dicen las letras en rojo de su camiseta, debajo hay un número para marcar en un tarjetón.

Cruzo desde el andén del muro del aeropuerto, donde el patio de un colegio público se ve desde la calle. Los niños están en recreo. Me fijo en algunos detalles, botellas, latas de cerveza, el esqueleto de una lavadora, un par de llantas. Dos pelaítos juegan con los restos de un triciclo. Tiemblo. No pensaré, cerraré el corazón hasta llegar a *Spratt Bight,* cuando haya pasado el pescadero y la cabecera del aeropuerto.

Ahora sí. Pisar el cielo, debe ser como poner los pies sobre la arena tan suave, tan blanca, de la bahía de las sardinas. Voy dando pasos largos con las chanclas en la mano, mirando hacia la playa que se extiende a mi derecha y que aún me parece ancha y larga, a pesar de que todo lo demás en el centro se me hace diminuto. Es la época de algas y ahí están los montones negros en la orilla. Extiendo mi tela en la arena y dejo mi bolso medio escondido debajo del pareo para meterme al mar, con afán. Los colores son iguales que hace años, las profundidades no han cambiado y los bancos de algas parecen no haberse movido un centímetro, el sol refleja visos multicolores en las mismas franjas de turquesas, zafiros y lapislázulis, un tesoro redescubierto me hipnotiza.

El agua está fría. Entro de a poquitos para disfrutar una inundación de mi elemento. Doy un par de brazadas, aspiro hondo y me sumerjo, un metro, dos, tres. El mar me ha llenado ya los oídos, escucho como si dos cables se me hubieran encajado en la cabeza. El sol pinta haces luminosos alrededor de mí, con colorcitos rosados y lilas, veo a un pez huir asustado. Me quedo en el fondo un momento. El ruido que se oye está en mis oídos, un zumbido tenue, que aumenta con el más leve movimiento, un burbujeo. Me quedo quieta. Tengo aire aún. Podría llorar ahora. Así debí sentirme en el vientre, en un líquido amniótico como este, de donde nacieron todas mis posibilidades. «Ay, y yo nací aquí», me felicito. Descruzo las piernas y doy una patada con fuerza al fondo de arena. Subo y dejo que el cuerpo ondee con la fricción. Salgo y suelto el aire, doy otra bocanada. El corazón se me acelera. Acabo de recordar los bautismos de los cristianos, que los hacen también en esta playa, en el mar como ritual de bienvenida. No, no es el mar de las revistas, ni es una vacación. Es un encierro o un abrazo. Las dos cosas. Giro para mirar otra vez hacia Johnny Cay, que me parece de mentira. Es esa época en la que la espuma no dibuja sobre la raya del horizonte, no hay tanta brisa y las olas no golpean duro contra el arrecife. El cayo tiene algo al lado que no reconozco, una estructura extraña, pero sigue siendo idílico mirarlo, más bello que las fotos de revista, de postal. Miro hacia abajo, mis piernas revolotean y unas sardinitas se mueven a un lado. La playa de Cancún es hermosa, la de Vallarta, las de Florida, las de Río, pero el mar cristalino y vistoso de mi isla no se compara con nada que yo haya podido ver. Ah, sí, otra vez sueno a residente, me río de ese orgullo tan característico. Ah, sí, pedir un deseo. Que me dé una idea, le pido al mar. Los isleños le pedimos todo al mar, a la madre fértil, que todo lo concibe y todo lo concede, se me ocurre. No puedo pensar en ningún propósito, en ningún anhelo. Una idea, algo que perseguir sería suficiente como consuelo, no necesito más. Me dejo flotar bocarriba, mi cuerpo como una estrella, abierto de brazos y a la deriva aparente, floto en una corriente de ondas suaves que me dejan respirar tranquila.

Mi meditación se interrumpe con un reggaetón. Doy una brazada hacia la orilla, veo que habrá una clase de aeróbicos en el paseo peatonal. Salgo del mar a sobrepasar el montoncito de algas. De pequeña mis padres me cargaban para evitarlas, no por sucias, sino porque había bichitos que picaban. Este montón de algas, veo, hoy es un cúmulo de tapitas, pitillos, rasgaduras de empaques, colillas de cigarrillo, de cositas y más cositas. Lo dejo pasar. Me tiendo para recibir el sol, de un lado llega una gaviota que hurga en un cocoloco abandonado al que todavía lo cubre una sombrillita plástica ya sin cereza, al otro lado un cangrejo blanco se asusta conmigo. Las nubes blancas del paisaje se esconden tras fachadas de hoteles de poca altura, claramente venidos a menos. Mientras busco formas pienso que el mundo es igual de indiferente en todas partes; golpea sin avisar, en cualquier esquina de las ciudades que conozco, con sus escenas sórdidas y sus vanidades urbanas. Es una corriente incontenible que a mí me llenó de ruido, de ansiedad. ¿Soy de la ciudad? Fallé. Pero el mundo también es como este desagüe de aguas negras en la playa, aquí al lado de donde aprendí a nadar, a hablar, a besar, beber y fumar.

«Él pasa antecitos de las diez». Juleen me contestó y me contó que su novio puede conseguirme marihuana. La puede traer antes de entrar a su trabajo en una ferretería y tiene de dos clases.

VB:  Quiero de las dos ya que estoy en el Caribe, que siempre tiene dos caras…

JF:  Vea usté! Tiene muchas más… *Gyal*, tengo mucho trabajo esta semana, pero cuadramos para vernos, hey…

VB:  Más de dos, bueno, las quiero ver todas!

JF:  Cógela suave! —muchas caritas riéndose—, me cuentas cómo te va, *gyal*…

Yo, mientras espero, aunque el sol no está muy fuerte sé que seré rosada si no me lleno de esto, me echo bloqueador en la cara, en el cuello y en el pecho y me voy a tender bocarriba mirando hacia el cayo. Volteo la cara hacia la zona hotelera, de reojo veo a un chico de al menos un metro noventa que viene hacia mí. Se me había olvidado que aquí la gente no camina, sino que baila. Suena musiquita en mi cabeza, ahora por encima del merengue de la clase de aeróbicos. Ese debe ser el tipo, sin duda. A medida que se acerca sonríe más, me limpio el bronceador y la arena de las manos con la toalla, el man me saluda, un apretón formal entre su palma el doble de grande que la mía.

—*Hey! Wa happ'n!?* —un ¿qué onda? pero en creole—, yo soy Samuel, el novio de la negra —dice mostrando una dentadura de perlas uniformes.

La piel de Samuel es caoba oscuro como la de mi amiga, tiene pómulos firmes y altos, un corte raso sin patillas y bien delineado con máquina. El blanco de los ojos es limpio y su cutis, envidiable. Está vestido de jeans, camisa polo y tenis negros. Se me había olvidado este tipo de belleza, tan implacable. De alguna forma su mirada me da seguridad, como si a través de ella me llegara el humor esencial de mi infancia, veo un flash en mi cabeza, siento una nostalgia salada y dulce llenándome el pecho de algo que no sabía que me hacía falta. Estas caras.

—¿Cómo estás? *Hey*, gracias por venir —busco en la mochila y le paso la plata con disimulo, aunque probablemente nadie esté pendiente en realidad, o eso creo yo. A esta hora ya han empezado a llegar los trabajadores de la playa.

—¿Y cuánto tiempo vas a estar en la isla? —me pregunta casual mientras se agacha para dejarme las dos bolsitas de plástico transparente dentro del bolso abierto. Su español me pareció sorprendentemente bueno para su color.

—No sé bien, el plan es hasta que me termine las bolsitas. —Le guiño un ojo.

—¡Entonces lo que tienes es tiempo! —Manotea.

Hablamos un rato sobre la compra, no pensé que viniera prensada en bolsas selladas. Una viene del continente, el cripy, y la otra, supuestamente, de Jamaica. También puede conseguirme flores de una finca del *South*, pero eso se demora más, me dice. Su tono es apacible, habla pausado y agrega detalles a cada comentario. Aprovecho para preguntarle.

—Oye, ¿tienes idea de qué es eso al lado de Johnny Cay? —pregunto señalando hacia el frente.

—¿Eso? *Yes,* esa es la vaina esa que nos iban a clavar para buscar petróleo en el 2012 —se arrebata—, ahí es que dejaron eso botado después de que salimos todos a marchar, ¿tú eres de aquí?

—Sí, sí, yo soy de aquí —le digo con una risita—, ya sé que no parece, pero sí, soy raizal —un santo y seña—, ¿Juleen no te dijo? ¡Si nos graduamos juntas del colegio!

—Ah, ¡además! ¡Entonces! *So mek unu taalk creole, nuh?* —dice emocionado, quizá sabiendo que con eso me corcha.

—No, no hablo creole, pero ahora que lo dices siempre quise aprender —le digo, él chasquea los dientes en pequeña objeción, yo siento pena y vuelvo rápido al tema—. Oye, hace tiempo el petróleo era un rumor, nadie creía en eso, ¿y ahora resulta que sí hay?

—Es que después del fallo de La Haya comenzaron a explorar de nuevo, pero salimos a marchar —me repite—, es la única vez que ha pasado eso. Fue después de que perdimos el mar…

Yo alzo las cejas, ahora me vuelve a la memoria el tema de Nicaragua. Sentí la sensación de un arañazo en un tablero, el fallo de La Haya. Samuel me repite que ese noviembre, en 2012, él y todos sus amigos del colegio y del barrio salieron a las calles, que la gente cerró los almacenes, que luego de esa jornada volvieron a salir cuando el gobierno les dio licencias a empresas extranjeras, y que tras la presión acabaron dejando esa plataforma tirada en Johnny Cay.

Estoy impresionada, qué le puedo decir, si yo no sabía nada.

—Oye, pero espera —se devuelve—, ¿cómo así que tú eres raizal y no hablas creole? ¿Hace cuánto no vienes a la isla? —me escudriña, a ver si hay algo en mi aspecto que le sugiera que no estoy hablando paja. Hace ocho años que no volvía, pero igual nunca hablé creole, le explico.

—Por aquí han pasado muchas cosas desde el fallo —me mira de reojo—, la gente pegó calcomanías en sus carros, en los almacenes, en las motos, *No acatamos el fallo*, *No a La Haya*, *Yo no acato*, ¿no has visto las calcomanías?

—Sí, las he visto, en el supermercado de hecho. —Me quedé callada sin saber qué más decir con el entusiasmo de mi dealer, nunca me había preguntado por el impacto de esa pérdida en algo que me parecía tan simple como el día a día de San Andrés—. Creo que tendría muchas más preguntas y llegarías tarde al trabajo —digo por fin, me rasco la cabeza y luego me cruzo de brazos. No sé cómo disimular mi sensación de ingenuidad.

—No, tranquila —me dice con dejadez—, yo voy a renunciar a este trabajo bien rápido —se queja, no se quiere ir—, ¿y tú qué haces, a qué te dedicas?

—¿Yo? Por ahora solamente a respirar, dejé mi trabajo en México hace poco.

—Ah, ¿vivías en México? ¿Y qué tal? *Mi wuoy*, esa ciudad es bien pesada, ¿no? ¿Chida? —imita Samuel y yo no puedo dejar de soltar la risotada, más porque es la primera vez que escucho a alguien decir *«mi wuoy»* en años.

—Sí, sí, en realidad muy pesada, me aburrí de la ciudad.

—¿Todo el tiempo estuviste en México? Tú tienes acento como de cachaca —dice rápido el chico. Lo siento como si fuera la versión adulta de un compañerito de jardín, se llamaba Jackson, no hablaba nada de español, tampoco se quedaba quieto en el salón y una vez me dejó una tenaza de jaiba en el cajón de mi pupitre.

—*Hey,* suave, vale, suave —le digo por instinto haciéndole señas con la mano y él se muere de risa de ver que se me salió lo champe—, ah, *yo hear? Respect, man!* ¡Ninguna cachaca! —improviso en un inglés cualquiera.

—Ya, *cool, cool!* —me imita—, sino que pareces, pareces...

—Más bien dime —le cambio de tema—, ¿qué tal está la *weed*?

—Reviso de nuevo el paquetico en el bolso.

—A mí no me gusta la jamaiquina porque me da mucho sueño —se rasca la cabeza como con pereza, el pelo es bajito y apretado—, pero si quieres relajarte pues esa, la otra es para que quedes como activada —dice y aprieta los puños con fuerza al frente del pecho. Todas sus expresiones me divierten.

—Ah, ok, ok, yo lo que quiero es relajarme. Oye, ¿y qué onda con toda esta basura? —Le señalo, y el chico se agarra detrás del cuello—. ¿Esto es así ahora, o qué? Estoy tratando de entender... —Miro alrededor.

—*Tourism!* —dice como en voz baja, mientras yo espanto una mosca—, la gente que viene aquí tú sabes que no limpiaría ni en su casa, además ya aquí no hay dónde más poner la basura y nadie hace nada, deberías pasar al *Magic Garden,* ¿no lo viste desde el avión? *Mi foc,* se ve bien impresionante... —sigue, yo me quedo de brazos cruzados, mirándolo hablar entre la boca lila y la piel brillante—... eso es para que lo hubieran bloqueado hace rato.

—¿Y qué estamos haciendo para eso, o qué? ¿Quién es el gobernador?

—El gobernador es un turco.

—¿Un turco? —se me sale un gritico.

—Ajá, así mismo, pero esto ya no es lo que era antes —tuerce la boca—, uno quisiera que San Andrés fuera así, cuando uno se sentía libre.

Me entrega unos papelitos arrugados y de repente todo se me hace todavía un poco más trascendental. El gemido de un manawar, la fragata amiga del pescador que sale delante del espolón, el ruido de turbinas, éramos libres, dijo el chico. Le doy las gracias por el favor que me hace, *Alright!,* dice, y se va alzando la arena entre los zapatos.

Yo honestamente no tengo de dónde sacar el recuerdo que les he escuchado a muchos, ese del tiempo en el que la gente dormía con las puertas abiertas. Siempre que alguien pronuncia esas palabras, Sami, las vecinas, yo me imagino casas típicas de madera, pero como de 1950, las de la infancia de mi abuela.

Me quedo con algo más. Petróleo aquí. Miro hacia Johnny Cay de nuevo, hacia lo que es ahora claramente para mis ojos una plataforma de exploración.

En mis años de universidad había repasado el asunto del diferendo con Nicaragua, pero en el 2012 estaba viviendo mi propio cataclismo. La diabetes, las despedidas y las ganas de enterrar todo lo que tuviera que ver con Colombia y más aún con esta isla en la que, creo, andan mis últimos días felices por ahí en los recuerdos de desconocidos. Además en el 2012, a unas cuadras de mi ventana, masas de estudiantes se habían apoderado de México, cien mil, ciento veinte mil; era la plena primavera mexicana y los noticieros no cubrían otra cosa que eso. De alguna forma esas movilizaciones me dieron fuerza para seguir adelante.

Poco a poco se va despintando la playa que encontré temprano, la de la revista. El hombre tosco que instala las carpas avanza un martillazo tras otro en línea hacia donde yo estoy. Las carpas, blancas y azules, me van a quitar mi espacio y aquí van llegando vendedores de cerveza y cocteles, los masajes, las trenzas, el mango. Reviso disimuladamente el producto, dos sobres plásticos sellados llenos de cogollos prensados, uno más oscuro que el otro. Más bien me voy para mi casa. Una hora de sol y me devuelvo.

En una de mis últimas visitas a la isla —se me viene a la mente mientras esquivo los bollitos de mierda seca de los perros callejeros— mi mamá me contó que había pasado algo extraño, me lo dijo como un chisme. La gente hablaba de un latido que venía desde el fondo de mar, al sur de la isla. Los pescadores y los buzos lo reportaron y el ministerio de no sé qué envió una comisión que hizo salidas de campo y concluyó cándidamente que el evento era un auténtico misterio. Nunca se supo qué podría estar causando el fenómeno con el que desaparecieron bancos enteros de langostas y de peces. Era como un temblor tenue y constante.

Las iglesias de garaje se multiplicaron, hubo gente que se refugió en la loma por unos días, se oyeron prédicas sobre el fin de los tiempos. Siempre el fin de los tiempos, el inicio de otros, el fin, el fin. La camioneta de los militares está parqueada casi sobre mi andén. Me ofusca. Abro la reja de la casa y cruzo la terraza, vengo caliente como la calle, abro ahora la puerta de madera y me recibe un vaho de guardado que nada que se va, como si la casa no me perdonara el olvido. Me acostumbro otra vez al reclamo mientras pico la hierba y tomo una limonada con azúcar morena. La tarde se me irá rápido. Al ocaso, el humo.

*Rolar, prender. Calar hondo,*
*Pasar saliva, suspirar.*
*Calar, pasar saliva, soltar.*
*Repetir.*

Noche sin brisa. Dentro de mis ojos veo una corriente de esas, una espiral que me succiona, lucecitas, chispitas que son brazos y se desenrollan. Mi cabeza gira, ¿gira físicamente?, no estoy segura. No quisiera moverme de esta silla, oigo ruidos, pero no quisiera moverme, que nada me saque de este momento.

Me voy con la corriente, me hundo, entre las olas que se moldean y se arremolinan, que son espirales de nuevo, entre vacíos y túneles. Mis padres, conmigo, los veo en la mesa del comedor un momento, desaparecen. Repetían también «es mejor irse y no volver». Veo lo primero que recuerdo de la ciudad, la palidez de las seis y media de la mañana, la mirada turbia del habitante agachado. Lo siguiente son las divas, unas ajadas y otras maquilladas, entaconadas, esperando turnos con los cerros de fondo y las nubes gordas. Siento frío. Voy más adentro, otro espiral. Un brazo pierde el control y reacciona mal, el carro se sale del camino, yo recibo una llamada, se me cierra la garganta. Todo borroso hacia el techo. Desmayo. Agujas, sangre, bollitos de algodón como paredes. Mi voz me pregunta algo. Cuando, finalmente, recuerdas a alguien con quien sufriste, ¿qué ves? ¿Ves todo su cuerpo? ¿Su cara? ¿Recreas una situación? ¿Oyes una frase en su voz? Son una idea que divaga, son zombis.

Llega algo borroso que es Roberto. El viaje a Miami, días soleados en Guanajuato, callecitas adoquinadas y pulcras del pueblo, los conciertos y los conversatorios, mis sonrisas infantiles. Estatuas y tótems abren la boca y los brazos, la piedra y el bronce se desmoronan, un Tláloc dios de la lluvia, pirámides sin punta. Oigo la flauta de tragicomedia en cajas de música, veo esta casa, mi cubo blanco magnético, es como un imán para mí. Veo la isla, es una caja de resonancia, mis pensamientos se vuelven vida.

Abro los ojos aquí. El saxo de un acid jazz que suena desde el parlante me sacude un poco. Me paso el monitor por el brazo, estoy estable. Me levanto. Recorro el pasillo de mis primeros pasos. Suspiro frente a la escalera, recuerdo cómo llegué a abarcar desde ninguno hasta tres escalones de un solo paso. No sé qué hacer con este lugar, no sé si quiero volver a llenarlo. Bajo la escalera, miro hacia la sala, al comedor, voy a la cocina para abrir la nevera en donde me provoca meterme entera, saco la jarra y cierro, sirvo agua helada. Probablemente beba del mismo vaso en el que aprendí a tomar sin tapa. Ay. Podría botarlo todo, vender e irme para siempre. Podría hacer lo que dicen por ahí, remodelar de nuevo y tener una posada turística, que nada tendría de nativa. Podría vivir aquí. Ja. Claro.

Me pesan los párpados ahora y en el estómago tengo la sensación de las cosquillas, suelto una risita. Por ahora dejaré que sea la noche de verano en la que no se mecen las hojas del plátano y se escuchan uno que otro ladrido lejos y el paseo lento de los patrulleros a la medianoche. Fumo más, me mareo. Doy pasos suaves por los corredores, escucho ecos, doblo por las esquinas y miro por encima de los chécheres en las habitaciones y hacia los rincones de las baldosas rayadas. Quiero volver a verlo todo, cada mancha en las paredes.

Busco algo, alguna cosa singular, entre las brochas y rodillos y los marcos de los angeos y me fijo encima del escritorio, en el cuarto trasero. Hay dos máquinas de escribir que usé en el colegio, una mecánica y otra eléctrica, hay libros viejos que no he descartado, pero que sé que no leeré, hay un maletín que no he abierto porque lo recuerdo de pequeña, debe de contener carpetas de seguros, pólizas viejas, ahora no quiero leer palabras como deducible, amparo, cláusula, riesgo o condiciones. La máquina eléctrica funciona. Busco un papel para escribir, antes jugaba remedando a la secretaria de mi mamá en la oficina. Traigo en el fondo de la mente el ritmo de una banda de colegio que escuché de lejos en la mañana, imito la cadencia del pasito ese perezoso de los desfiles del 20 de julio. Me da una risa tonta y me sorprende recordarlo, dale, sigue, una voz en mi cabeza, el pie derecho adelante y atrás, mueve la cadera y marcha, adelante, atrás, mueve la cadera y marcha, mueve la cadera. Me río a carcajadas en el vacío de esta habitación arruinada.

Me siento en la silla vieja de cuero que rechina y paso un trapo por el maletín metálico. Su buen estado me sorprende. Empujo las palancas de los lados, está abierto. Ajá. Así que es esto. Ha contenido por años unos aburridos papeles sueltos, la factura del aire acondicionado central que tanto disfruté, unas pólizas que aparto enseguida como previniendo una alergia, un sobre grande de manila. Lo abro; papeles, y hay unas fotos adentro. Meto la mano. Reviso las hojas amarillas. Son unos documentos de la oficina de circulación y residencia, unas cartas de radicación de mi árbol genealógico. Se ve mi apellido y encima *Jeremiah Lynton* y *Rebecca Bowie*. Pronuncio. Hay una foto en tamaño carta, a blanco y negro. Son ellos.

Ella es una mujer sentada en una silla de mimbre, con el cabello negro recogido, la quijada ancha y los ojos pequeños, viste una blusa blanca de manga larga de cuello alto y una falda negra que le esconde los zapatos. No tendría más de treinta años. Él, de pie con la mano sobre el hombro de ella, viste un traje de día, saco beige apuntado de bolsillos cuadrados y grandes, camisa y corbatín blancos. Lleva bigote y es ligeramente calvo, tal vez tenga cuarenta, las comisuras de los labios dibujan una sonrisa casi imperceptible. Ella desvía la mirada a la derecha, él, mira serenamente a la cámara, en... en el estudio de *The Duperly & Sons Photographers*, en Kingston, Jamaica, en 1912. No puedo dejar de verlos, examino la foto por varios minutos. Esta imagen es nueva para mí, aunque tenga 105 años. Rebecca y Jeremiah. Rebecca Bowie.

Jeremiah Lynton. Digo sus nombres mientras enciendo otra luz para verlos mejor. Por ellos es que mi tarjeta de circulación y residencia dice que soy raizal, esta es la información que mi papá radicó en la Occre hace más de dos décadas.

Hay más fotos, de las mismas dos personas. Él aparece un poco más viejo en un primer plano. El color es sepia, puedo distinguir que seguro el viejo tenía el cabello rubio, aunque su piel es, al menos, trigueña. La miro a ella. Lamento que también en esta foto tenga la mirada ausente y el cuello tieso. Su mandíbula está apretada, como si estuviera brava. «Jeremiah y Rebecca, tatarabuelos», digo. Cabeceo y la foto queda en el escritorio viejo, siento una pesadez, quiero apartarla y cerrar los ojos un momento. Me recuesto en el espaldar, suena el chillido de la silla vieja de oficina. Una cigarra canta desde el otro lado del muro. Ahora calla. Pasan unos segundos y el silencio se quiebra con un arañazo que viene del techo, salto y abro los ojos, miro hacia arriba. Otro más, otro más.

## III. DIVISIONES

La moto acelera. Yo me sostengo apretando los muslos, ya sé que es una técnica, mis senos no van a rozar la espalda del conductor por más que el tipo lo intente con cada frenazo. Yo voy recta tras la figura flaca del hombre, un soledeño. Al subirme lo saludé con soltura, como debe ser. Voy toda vestida de blanco, camino hacia un concierto de góspel en la *First Baptist Church, 'pan di hill*, a encontrarme por fin con Juleen.

Doblamos por la calle del pescadero hacia la bahía de las sardinas, frente a la cabecera del aeropuerto. La luna me sorprende, juraría que nunca la he visto tan grande. Por un momento me absorbe, la veo como si se arrojara hacia la isla, hacia mí, como si quisiera tocarlo todo. Vamos por la base de la Fuerza Aérea, el hombre soledeño es risueño y atento, claro que me caería mejor aún si no fuera por esta frenadera. Tiene occre, dice orgulloso como para que yo no me confunda, vive aquí hace treinta años, de una pensión, me insiste en que trabaja porque quiere. Dice, no sé de dónde, que entre sus hobbies está disparar, y enseñarles a los pelaos a disparar. De plano no sé si es momento de bajarme de la moto, justo pasando por la esquina frente al aeropuerto. Me quedo. Haré preguntas. En San Andrés hay armas largas, claro que sí, me responde. Ha desacelerado, para poder hablar mejor.

—Esta calle ahora está muy peligrosa, ¿no? —le pregunto, recordando las historias que le oí hace poco al plomero.

—Sí, esta calle es complicada, aquí no hay que estar de noche —dice y acelera un poco—, bueno, ¡ni de día tampoco! Se la pasan queriendo atracar a los turistas que llegan caminando del aeropuerto.

He visto muchos arrastrando maletas o con esas enormes mochilas a la espalda. Eso también es nuevo. En mi época todos los turistas andaban en taxi, los hospedajes francamente no quedaban tan cerca, no en este barrio caliente.

—Y cada vez son más los robos a mano armada, ¿cierto?, nada más la semana pasada hubo tres —dije, sin reparo. Se me salió algo del acento mexicano.

—Sí, pero esos pelaos normalmente ni siquiera tienen el arma cargada, no tienen ni balas —replicó el hombre.

Doblamos por una intersección hacia arriba, por una calle que no conozco bien, pero sé que pasa por el Back Road, el barrio donde hay personas que van al pozo por agua con un balde todos los días. En alguna de estas calles, la semana pasada, una bala perdida mató a un entrenador de fútbol infantil por asomarse a la ventana un domingo.

—Es que yo entreno al que me lo pide, reina, ¿qué tal que aquí se metan los nicaragüenses? Ya hay bastantes, esa gente se nos va a meté'... —sigue el hombre menudo y marrón, al que le dicen «maestro», o eso cuenta él—. Yo les he enseñado a muchos turcos, ellos cuidan sus cosas, a sus mujeres.

Hace dos meses amordazaron a una mujer que vivía sola en su casa en el kilómetro ocho, le robaron todo. Hace un mes tres encapuchados entraron a una casa contigua a la sede de la fiscalía, la dueña no estaba, de suerte. Avanzamos por la calle brotada. El hombre habla y habla y yo vuelvo a confirmar que mis años aquí los viví en un aburrimiento injustificado. «El maestro» vive cerca de donde se está construyendo un planchón de cemento para un polideportivo, encima de un manglar. Dice que en su barrio la limpieza del alcantarillado corre por cuenta propia, en algún momento llegarán las lluvias y los hombres se organizaron para destaparlo antes de que las inundaciones los alcancen hasta arriba de la cintura.

—¿Hasta la cintura? —le pregunto asombrada.

—Uy, sí, eso es terrible, mami —dice. El tipo calla de repente, acelera frente a un lugar que reconozco. En un video que vi de hace años, unos niños se tiraban desde la rama de ese árbol hacia el caldo marrón recién formado que subía hasta cubrir la carrocería oxidada de varios modelos gringos abandonados. Salían muchachitas cargando bebés y hombres tirando baldado tras otro de agua desde la sala hacia la calle, desesperados, aunque lloviera todavía.

Un estruendo me distrae; es una descarga, miro al frente y trato de ver de dónde salen el redoble del clarinete y ese solo arrebatado de violín. ¿Cuándo llegará, cuándo llegará, cuándo llegará el día de la justicia? ¡Si no hay justicia no hay paz!, me hace temblar la voz de un coro y entran los timbales. Debe ser una charanga brava, aquí, ensayando en el parque de este barrio triste. Le diría al maestro que mejor llego hasta aquí, pero no, no hay casi nadie y voy tarde para la apertura del *Green Moon Festival*.

—¡Erda, qué vaina firme! —suelta el maestro, yo le confirmo que sí, está «firme». Son unos cubanos, le digo, deben estar ensayando para el concierto del jueves.

Este barrio lo empezó un hotelero judío. Mis papás hablaban sobre eso a la hora del almuerzo; llegó gente muy pobre de veredas olvidadas y se convirtió en la fuerza electoral del tipo, o de su gremio, más bien. En época electoral es una visita clave para los candidatos, que pavimentan callejones improvisadamente y ofrecen fiestas de trago y sancocho. Los demás años, durante el verano, hay sed, en invierno, inundación. Últimamente ha sido solo la sed, eso y la carretera destapada por una obra abandonada que puede llevar fácilmente años sin terminar.

Voy observando, aprovecho que el maestro se quedó callado, concentrado en evitar un accidente entre tanta moto y los huecos que ocupan la mitad de la vía. Unas cuadras más adelante, me fijo en las casas a un lado y al otro y en la forma de la calle y siento que he atravesado una frontera, un muro. El entorno cambió en un punto indeterminado, ahora avanzamos por una zona nativa de carretera empinada y menos destrozada. Desde aquí sí se ven los techitos apiñados de la invasión. Una gorda de cara fresca lleva unos shorts cortos de jean y una blusa de rayas horizontales, otra, una flaca de vestidito amarillo que se ve larguísima encogida en una butaca, le pinta las uñas de los pies en la terraza de una casa elevada sobre pilares de concreto, de madera sin pintar. Hay tablas cruzadas en ventanas que ya no se abren, hay pelaos de zancas delgadas que se sientan descalzos en patios sin cercas, contiguos a la vía. Abuelas de rulos se asoman desde puertas que se abren hacia fuera. Hombres beben bajo arbolitos, miran a las mujeres pasar, yo volteo ahora la cabeza como el colibrí ese y me sorprendo buscando miradas, como antes. Subimos más, estamos en la y de *Mount Zion*, una iglesia bautista.

—Y por aquí fue que mataron al señor ese hace qué día… —el maestro rompe el silencio. No sé de qué habla—. Hace como dos o tres días. Se llamaba Saulo y era pastor de una iglesia. Lo mataron por error, yo creo, eso estuvo mal hecho —reprochó negando con la cabeza.

—¿Por error? ¿Fue con un arma?

—Sí, le dispararon en la pierna y se desangró porque es que él fue a defenderse para que no lo robaran, iba llegando a su casa.

Me queda poco camino para llegar a la iglesia a la que voy, poco tiempo para decirle lo que pienso, semejante tipo tan buena onda, el guía de un tour de riesgo.

—Oye, maestro, ¿y tú has pensado que alguno de tus pupilos pueda estar como loco disparando por ahí? —Trato de ser simpática, el tipo ladea la cabeza. Veo el colegio, el único que enseña en creole, el *First Baptist School*. Nos detenemos lentamente, me bajo y le estiro el billete de diez mil pesos que ya llevo en la mano. Me fijo disimuladamente en el hombre y está bien vestido; de jeans claros, zapatos de cuero café y camisa de cuadros planchada. Se ve muy vital para ser pensionado. Abre el canguro y mientras busca el rollo de billetes para el vuelto, me tira una mirada entrecerrada, con las cejas arqueadas le veo todas las arrugas, quemadas por el sol.

—Voy a pensar en eso que me preguntó usted, señorita —dice serio—, eso puede ser algo que se me venga a mí en contra.

—El conocimiento es poder —se me ocurre, aunque no sé muy bien qué decir para no sonar sentenciosa—, tú estás dando mucho poder sin saber a quién, tú sabes... —Sonrío, el tipo asiente como complacido, me mira directamente a los ojos con la quijada medio levantada, me entiende, claro, pero me invita a aprender, gratis, en su campo de tiro. Me dice que me quede con su teléfono, lo guardo así, «maestro». Diría que no entendió nada.

La luna desde aquí no se ve entre el follaje de los tamarindos y frutaepanes, a pesar de que este es el punto más alto de la isla, a dieciséis metros sobre el nivel del mar. La noche está fresca y hay mucha gente entrando a la iglesia, que tiene la fachada iluminada de violeta. Volteo para pasar entre la fila de carros parqueados que llega hasta dos cuadras más abajo. La estrella de la noche es un cantante jamaiquino, un rapero que superó las drogas y se convirtió al góspel. En el primer plano del afiche aparece con trenzas gruesas tejidas al cuero cabelludo, un saco negro y una sonrisa destellante. Es la primera vez que entro en la *First Baptist Church*.

No empezaremos puntualmente, por supuesto. No veo a Juleen, ni a nadie que conozca, veo a unos señores altísimos y elegantes, señoras de faldas largas de paño, otras, de túnica y turbante. Me siento en una banca hacia la mitad del salón y aprovecho la soledad para reflexionar sobre este lugar. Mi abuela la mencionaba en alguna de las historias que llegué a escucharle y era un punto de referencia en nuestros paseos del domingo. Me parecía casi un lugar turístico, al que van solo o los turistas, o los fieles, pero no nosotros, los pañas, la gente del *North End*.

La iglesia fue traída de Alabama y reconstruida aquí, en *May Mount*, dice el volante que encuentro sobre la silla, para elevar a la congregación y extenderla al mundo desde la infinidad del mirador en el campanario. Algo así dice.

Estoy sentada entre las maderas que un verdadero emancipador embarcó hacia San Andrés en 1844, el de la foto, Philip Beekman Livingston Jr. Levanto nuevamente la vista hacia el retrato de un señor de mirada trascendente que cuelga de primero en una fila de sucesión. Yo diría que observa impotente esta posteridad, desde su lugar encima del corredor y a la derecha del altar. Tiene barba, como la de Abraham Lincoln, el cuello alto de su saco negro le marca las facciones alargadas. Sigue el volante: Philip Jr. estudió en Londres. En Estados Unidos se bautizó en el nuevo credo bautista. Toda su misión en estas islas nació con un encargo de su madre, una providenciana de apellido Archbold, la hija del entonces gobernador de las islas. ¿Será común que la gente tenga fotos de sus mesías, que pueda mirarlos a los ojos? Los mesías del catolicismo están en pinturas, en representaciones subjetivas, no en fotos. Livingston no es cualquier pastor, mira hacia el frente con una paz solemne, con el aire de alguien que le ha encontrado perfecto sentido histórico a su vida, firme, como si supiera que tras el destello del flash, tras la enorme cámara fotográfica, lo encontraríamos sus herederos. Luego de la suya, están las imágenes de su hijo y su nieto, sus sucesores, y después las de los hombres más recientes llegan casi hasta la entrada.

Hace calor en la iglesia a pesar de la hora, tengo un abanico de madera y debo parecer como esas señoras viejas de aquí, he empezado a sudar. Mientras espero a Juleen, me pinto a un joven llevando las cartas de presentación que le mandó su madre, hablando con los dueños de las plantaciones, seguramente viejos rancios, convenciéndolos para que cumplan la ley y liberen a sus esclavos. Livingston fue más allá de su mandato, no se quedó en la emancipación de papel, sino que enseñó a los recién liberados a leer y escribir, planeaba para ellos una educación para aprender a manejar la tierra y comerciar con sus productos.

Pronto algo va a suceder, dejo el volante sobre mis piernas, el auditorio se calla. Una solista que lleva un vestido blanco de satín inicia un soprano de notas altas y vibratos largos. En las siguientes piezas la acompaña en el piano un hombre vestido de traje con corbata. Luego de cantar con melodías lentas, nostálgicas, la mujer mayor se despide entre nuestros aplausos, a pesar de que desafina un poco. El anfitrión de lentes anuncia el siguiente punto de la programación, es el coro de la iglesia, el piano los introduce, aplaudimos y escucho voces bien afinadas, que caen como una llovizna excelsa, sin saber de dónde. Entrando por una de las puertas al lado del altar, aparece en fila la gente que vi antes, con las túnicas de estampados coloridos; lucen en ese atuendo una elegancia que es un privilegio propio de sus colores. Me resbalo un poco sobre el espaldar, la luz blanca de la iglesia está muy alta, me incomoda, quisiera flotar entre las notas del piano, hacia un estado de alabanza. De repente, la iglesia abarrota hasta en el segundo piso, los fotógrafos revolotean y se escuchan las voces subiendo el tono y el volumen, hasta casi gritar un *higher, higher, lift me higher!* Se me sube una ola desde la cadera a la coronilla, cambia la luz por fin, de violeta a verde, de verde a rosado: *Oh Alelujah Akekh 'ofana naye, I serve a very big God, oh!* Volteo hacia Philip Jr., y siento que me ve la cara de remoción. Eso es, una remoción. Aprovecho, el auditorio se levanta con el comando de la voz principal y con el de las piernas, miro caras entre la gente. De nuevo, como en el colegio, soy la persona más pálida en esta audiencia. Tarareo lo que entiendo del corito y disimulando lo que hago es buscar resquicios de Ms. Rebecca, de su mirada desviada, de su boca apretada. Estarán por aquí también los hijos de sus contemporáneos, una gente con la que comparto una historia, contada desde otra perspectiva.

No he dejado de pensar en la imagen que encontré de mi tatarabuela, la coloqué en un viejo portarretratos sobre la mesa auxiliar al comedor. No, no la veo en ninguna de estas caras. Mientras empujo con los brazos hacia arriba, como manda la voz femenina principal, se me ocurre que aquí mismo pudo haber sido su bautismo. ¿O era católica? *Sanjolama Yahweh nabito, sanjolama, sanjolama!* Escucho, trato de comprender. En el folleto de la programación dice que los coros están en zulu. Yo siento las voces adentro, como cosquillas por mis venas. Las luces cambian a violeta, azul, de nuevo verde, corre una brisa por las ventanas abiertas. Después de la electricidad de dos fiestas seguidas, el coro asume una actitud de súplica, el tema es una balada que escuchamos sentados de nuevo. El recinto otra vez se ilumina de blanco cuando el coro se despide, yo aplaudo, fascinada, bajan las túnicas, llenas de mensajes encriptados en mosaicos y animal print. El cantante de Jamaica se prepara, anuncia el simpático anfitrión de unos cincuenta años, que viste de paño.

Recibimos al artista principal con un aplauso tan enérgico como el que se llevó el coro local. Llega vestido de negro y cuello alto, como si la foto para el afiche se la hubieran tomado ahorita. Abre con una sentida oración, las notas caen perfectas en el tono, que empieza a subir, a subir, a subir. La mujer de mi lado empieza a aplaudir y toda la iglesia la sigue. Miro a la gente que se levanta y voy a seguirlos. No. Hago el amague de levantarme, pero la vista se me nubla, ondea. Por un momento, la música se hace distante, se distorsiona, empieza a parecerme como si la iglesia se hubiera convertido en una enorme lata.

Me levanto, tratando de controlarme, respiro hondo, voy sintiendo que me ahogo. Tomo mi bolso y recuerdo que no traje pastillas de glucosa. Soy un desastre. Comí antes de salir, esta sensación no la entiendo, ¿qué me pasa? Nadie nota mi figura descompuesta mientras salgo sintiendo que mi cuerpo es líquido y que no puedo contenerlo, que se mece en direcciones opuestas, que me esparzo toda. ¿Y dónde está Juleen? Suspiro al encontrar un aire más fresco. Estoy en el pórtico de la iglesia en un balconcito donde la gente también se agolpa, me abro paso con los brazos, no tengo aliento para pedir permiso. Los isleños siempre llegamos tarde. Debo bajar las escaleras blancas para llegar al andén de enfrente, a esa mesita cubierta con mantel plástico que alcanzo a ver desde aquí. Paso el monitor encima del sensor en el brazo izquierdo, dice 78 y al lado una flechita que va para abajo, ¿por qué?, *fuck!* «La glucosa debe estar por debajo de 130 miligramos sobre decilitros y por encima de 70, o puedo desmayarme», se repite, se repite en mi cabeza. Siento como si dos dedos índices me presionaran las sienes hacia adentro. Cruzo la calle, sin mirar, lo único que distingo es dónde está el azúcar.

Veo a la mujer, una figura alta que está detrás de la mesa repleta de recipientes de aluminio y de plástico, la enfoco y todo alrededor se difumina, son ondas y chispitas, ondas y chispitas, ondas y chispitas. La mujer de la *fair table* se endereza y se me anticipa.

—*Hello, mami* —me dice una voz grave y sedosa, como la de alguna canción de *soul*. Arrugo los ojos y veo que sonríe amplío, con un puente entre los dos dientes de arriba.

—*Good evening, ma'am* —le contesto—, *yo gat sugar cake?* —le pregunto en el creole que he aprendido en estos dos meses de playa y de música.

La mujer ancha canta también, los brazos y las caderas le bailan, mientras señala la comida con la uña larga y nacarada de un dedo índice y con la otra mano destapa y tapa cada olla y cada plato al compás de ese verso hecho de puro dulce.

—*Aah, yeees, miss, mi gat sugar cake, bon bread, journey cake, lemon pie, plantin taart, crab patti…*

*Sugar cake*, susurro. Muerdo grande la galleta marrón. El borde es más duro que el resto, saboreo la canela, el coco, azúcar, el azúcar que tanto me evade. Un árbol de *bread fruit* sacude las ramas arriba nuestro, *sit, mami, sit, enjoy di tiest. Me bake 'em miself, tell me, yo want some mint tea?* Los hornea ella misma, estos *sugar cakes*, me pregunta si quiero té de menta, seguro que viene de su *yaard*. Su expresión es tan tierna, me la imagino hablándoles a las plantas. Estoy sentada de piernas cruzadas y mastico encogida con un codo apoyado en la rodilla. La mujer me pregunta mi nombre.

Ella se llama Josephine. Mientras espero la subida no dejo de observarla, su cutis liso, sus labios pintados de rosado. Respiro profundo mientras siento la consistencia de la masita en mi boca deshaciéndose. Las luces cambian de nuevo desde la iglesia, con un azul suena ahora un piano algo melancólico.

—¿Ya habías venido a un concierto antes? —pregunta la mujer mientras destapa un termo de acero y vacía lentamente el té en un vasito de cartón, la r tiene la pronunciación anglo, tan común y tan parodiada por residentes y raizales cuando hablan en español.

—No, sé que es increíble —alzo los hombros.

—¿Acaso de dónde visitas tú? —dice con propiedad, pronunciando siempre la t y la d como si las soplara desde la punta de la lengua, y la s serpentina y exaltada. Me extiende el té, la veo aguzando los ojos saltones antes de darme la espalda hacia su silla.

—Soy de aquí —le recibo el vasito y enderezo la espalda.

La mujer se detiene en seco antes de sentarse, me echa una mirada y aplaude soltando una carcajada, yo salto. «¿¡tú eres de aquí!? ¡No te había visto, mami!», vocifera con la voz sedosa que esta vez le sale desde la garganta, «¿quiénes son tus papás? A ver, yo conozco…». El barrio entero podría enterarse de mi historia en este momento, su arrebato me relaja. Respiro profundo. Ella me inyectaría glucosa si me desmayo.

—Ellos ya no están por aquí, pero yo soy raizal por el lado de mi abuela paterna —digo con el ánimo de probarla y comparto el relato como si la sangre de ellos fuera mi propia carta de presentación, como la de Livingston.

—*Yo deh raizal!?* —grita—. ¡Ay! Dígame, mamita, *how yo niem?* —la abuela negra se emociona.

—Lynton y Bowie —le digo y respiro profundo de

nuevo, bebo un sorbito de su *mint tea* caliente. Trato de mantener la mirada fija en la silueta ancha de Josephine como para evitar el mareo, me distrae su alboroto, pero mi prioridad es no perder el sentido, empujando más *sugar cake* entre las náuseas y las goticas de sudor frío que han empezado a secarse en mi frente.

—*Bowie y Lynton* —dice—, *Bowie from Bowie Bay, and Lynton come from Little Gough* —susurra como para sí misma, mientras asiente con el mismo compás lento. La veo llena de gracia, con esa corona de trenzas que le bordea la frente. Veo los surcos de sus canitas rizadas.

—¿Tú conoces la historia de esos apellidos? —me sale un tono anhelante, debo de haber puesto cara de tonta. Sus dedos gruesos se sacuden y el puente aparece de nuevo.

—¡Claro! —exclama agudizando la voz—. Lynton solo hay uno, —enfatiza señalándome con el índice— entonces tú eres tataranieta de *Mista* Jerry Lynton.

—*Dat so!* Jeremiah… —contesto mientras me incorporo para girar la silla hacia la suya, ella aplaude otra vez. *Mmhmn, wat a story!,* suelta ella con su voz de melaza, haciendo chocar los dedos en un agite de su mano grande. Entonces yo sí hablo creole, afirma mientras se bambolea para sentarse de nuevo en la silla, le digo que lo que sé llega prácticamente hasta aquí. Mi imitación es risible, seguramente.

—Bueno, yo sé tus raíces, *your ruuks,* mami, ay, y tú no tienes la culpa… —Se tuerce con algo de trabajo desde el tronco y se acomoda el vestido beige de florecitas moradas para meter la mano al bolsillo izquierdo. Saca un pastelillo color verde claro, parte un pedazo y me lo ofrece.

—Pruebe este, *mama* —me dice y parte un trozo igual que se lleva enseguida a la boca.

Siento sabores a vainilla, a clavo. Se deshace, siento

hebras de coco, tonos de chocolate, de jengibre. Hierbas. Es como de alguna forma saborear el olor ahumado de la tierra mojada.

—Es que yo sé que tú pareces a las Lynton, así blancas, una era hasta más que tú, ¡rosada! —se ríe Josephine casi con histeria.

—¡Ajá! —suelto y me aclaro la garganta—, ¿qué es este *sugar cake*? —le digo chupándome un dedo.

—¡Ah! *Dat di special one,* mami... Yo recuerdo a Ione, —empieza enseguida—, era alta y era *rosada* —repite antes de una breve pausa—, ¿sabe que ella fue enfermera durante la Segunda Guerra Mundial? Se fue para Inglaterra y nunca más *regresó.* Violet se fue para Estados Unidos, se casó, y tampoco volvió a vivi*r* aquí —continúa—. Miss Cass sí tiene hijos aquí todavía —dice, como si la Miss estuviera viva—, pero tú —se inclina hacia mí—, tú eres más como Rossilda, con ese mentón así que *tiene,* con los ojos así, grandes —abre las palmas de las manos.

—Rossilda, sí, mi bisabuela —tomo otro sorbo tibio, se me empiezan a dibujar ramas y raíces, ramas y raíces—, ¿y tú dices que yo me parezco a ella?

—*A rememba dem, yeeh, mami,* tienes la misma forma. —Pasa la palma cerca de mi cara, como si pudiera dibujar en mí sus rasgos. Está tan cerca que siento su aliento sabor a galleta.

—Yo tengo un he*r*mano que decía que le pegaban y lo ence*r*aban si hablaba creole en el colegio que fundó tu bisabuelo, entonces él se quedaba callado y no hablaba nada, por eso es que tú tampoco habla' creole. —Me da algo que me sirva como excusa. La miro en silencio, ladeo la cara y me encojo de hombros con los ojos bien abiertos.

Recuerdo las insistencias de mi abuela: ¡ingl*é*s *británico!*

—Sí, sé que mi abuelo, José Alberto Munévar, fue el

fundador del Bolivariano, que antes era un colegio para hombres, ¿les pegaban a los niños por esa razón?

—¡Bueno! ¡En esa época pegaban a uno por cualquier cosa! ¡Huh! ¡Fuf! —menea el tronco, toma los extremos del vestido largo y los sacude acalorada—, ¡todavía cuánta gente no pega por cualquier cosa!

—*I guess it's true…* —digo en inglés neutro.

—Una hija de Lynton —afirma hacia sí misma. Escucho ranas y a lo lejos el góspel reventando.

—De eso se trataba, ¿no? De que no se hablara el creole… Pienso en Colombia, en mí, en el susto, en la timidez que sentía, que siento, cuando alguien habla en creole y yo no entiendo nada.

—¿Sabe que tu tatarabuelo firmó para la creación de la Intendencia? —pronuncia las cuatro últimas palabras haciendo una mímica como de dirigir una orquesta—. Miss Becca, su esposa, *di sad uman…* Dicen que no dejaba que estuvieran sus hijas cerca de él, porque él era un *obiá* —hago cara de no entender y ella se detiene—, *…gyal,* un *obiaman*, un brujo —y calla, yo me timbro y abro los ojos como quien escucha un estallido.

Enseguida viene a mi mente una ola de imágenes opacas, frascos con hierbas y aceites, bichos raros, estados de trance de negros, chorritos de sangre cayendo en calderos hirviendo, pasa esa ráfaga en un instante en el que escucho la hojarasca que cruje con exageración.

—Entonces el viejo Jerry Lynton era brujo —le repito, ella asiente con ganas—, pero ¿qué hacen los *obiás*, *Miss Josephine*?

—*Dem kian watch unu!* —lo dice con tal seriedad que dudar me parece imprudente—. Jeremiah trabajaba en su ático y la vieja Rebecca le prendió fuego el día antes de irse de la casa con sus seis hijos. *Obiás* ven a las personas adentro, hacia el pasado, el futuro, y cumplen deseos —baila con los brazos hacia atrás y adelante, aplaude sus manos gruesas—. Jerry era un comerciante, tenía el único almacén de la isla, todo el mundo hacía compras a tu abuelo, *yeh, old Jerry Lynton...* Yo tengo por ahí un *Rubinstein Coin* —dice haciendo un círculo entre el índice y el pulgar—, no habían pasado cien años de habernos unido a Colombia, las goletas traían otras monedas, dólares, comerciaban con Panamá, con Gran Caimán, *Jamaica...*

—¿Un *Rubinstein Coin*? ¿Había una moneda que se llamaba así?—he escuchado el apellido por un intérprete famoso de Beethoven—, pero ese es un apellido judío, ¿no?

—¡Era de un judío, sí! Él hizo su propia moneda, aquí no había, él fue la competencia de tu abuelo —me cuenta Josephine alegre y me imagino a otro señor como Jeremiah, con su traje claro y su corbatín blanco.

—Y entonces Jeremiah fue firmante para la creación de la Intendencia —digo suspirando e imitándola a ella en su mímica. Se ríe pasito, *yeh, mamita...*

—Mi papá decía que él vivía en San Luís, pero no sé exactamente dónde, ¿y ella, Josephine? ¿Dónde vivía Rebecca?

—*Little Gough,* él vivía en *Little Gough* y ella después en varios sitios con sus hijas, ese poco de niños, por la magia y porque él se juntó con otra mujer, ¡una negra! —la voz en broma—, pero él quedó con muchas tierras por su matrimonio. Mi abuela decía que por eso Jeremiah se casó con Miss Becca cuando llegó de Kingston, a ella su papá la casó con él por extranjero, ¡así no se tenía que casar entre sus propios primos!

Ella me ve y se ríe. No había mucha gente en San Andrés así que ahora me parece que quizá Rebecca está aburrida en esa foto. Y que Jerry era guapo. Josephine vuelve a estrujar la falda con sus manos grandes, yo la miro bien y trato de buscarme en ella, en todo el contenido de su cuerpo, entre su memoria, que me acaba de dar un lugar que ninguna ciudad hubiera podido hacerlo.

—Sabes tú mucho más sobre mi familia que yo, que solo hasta ahora encontré en mi casa una foto de ellos dos —le digo con ganas de mostrársela, y me interrumpe.

—*Ah, so dem show up!* Se te aparecieron, ¡algo quiere el brujo! —aplaude y se ríe, ahora traviesa. Me parece ver al *obiá,* elegante, susurrándole a Josephine al oído—. Tienes que *escúchalo,* no todos buscan a sus muertos. —Respira hondo, tiene ahora la mirada baja. Me deja pensando, pero la galleta me tiene la cabeza fija en la imagen de la foto. *Dem show up*, repito en mi cabeza. Ya no siento el bajón.

—Todo uno lo pasa a sus hijos —dice la mujer Josephine suspirando y mirándose el bolsillo del que antes sacó el panecillo—, y si uno no es feliz, uno se lo pasa también, los hijos quedan con preguntas, como tú, *mama.*

Me deja muda un momento. Aparece en un destello mi madre, bañándome en el mar, mientras mi padre cocinaba en la playa de aguas llanas de *Cocoplum Bay.* Recuerdo a mi papá, harto de frustraciones, pero gastando dinero en el hijo de su amante joven, a mi madre llorosa, golpeada, celosa. Volteo hacia los óvalos de *Ma.* Se me cierra la garganta.

—Sí se heredan cosas, ¿no? —murmuro—, luego uno toma decisiones equivocadas y vienen los problemas…

—*No-uh!* ¡Pero problemas no existe! —Josephine le hace cosquillas al aire cuando habla—. Algo es problema si tu memoria no incluye resolver cosa que tiene, aprender de los erores de uno —dice, dándose un golpecito en la cabeza y señalando sus ricitos blancos.

Interpreto a Josephine como si fuera una aparición, un fantasma. Perdí la noción del tiempo. Josephine me dice que si algo es un problema, que lo olvide, ¿qué problema voy a tener yo?, me pregunta. Ahora, ninguno. Me siento liviana, puedo salir flotando en esta silla plástica y superar el campanario de la iglesia, mirando hacia el árbol de tamarindo. El *Tamarind Tree*, digo en voz alta, me rio, sigue ahí el árbol que les dio sombra a los alumnos de Livingston, con los que formó una sociedad atípica de emancipados con tierra, a los que les iba a enseñar a ser libres. Pero muchos no sabían qué hacer sin la figura del amo. A la mujer la veo soltando carcajaditas y diciendo algo que no alcanzo a entender. La gente empieza a salir de la iglesia al hall, ahora de luz azul, hay figuritas bajando las escaleras. Josephine sonríe de nuevo.

—*How much fi everything, Miss Josephine?* —le digo con tímido creole, la gente vendrá buscando esas empanadas de cangrejo, sin duda, yo ya estoy otra vez «firme», me paso el sensor por el brazo, 110 miligramos sobre decilitros.

—Nada, mamita, eso ya pagaron para ti tu familia.

—¡No, *Miss Josephine*! —meto el sensor en el bolso y me levanto, apurada, estuve tan inmóvil que siento como si flotara de verdad, brazos y piernas dormidos.

—Verdad, mami —dice tranquila mientras se levanta también, lenta, casi ceremonial—, si tú debes ser como mi nietasobrriina, ¡y de ojos verdes!, *good, prity gyal, just look 'pan' dem, ancestors!* —dice la mujer ondeando una bandera imaginaria con el brazo alzado. Le doy otra mirada y vuelvo a reírme. Insisto, inútilmente. Quisiera que me abrace. Podría ser mi *Maa Josephine*, o *Big Mama Josephine*. Está hecha de dulce, ella es una gran galleta de *sugar cake*. Me acerco a ella, toco su brazo y le agradezco insistente en todos los idiomas que conozco, *Maa Josephine* solo me da palmaditas en la espalda. *Alright, mami!*

Podría llorar. Me siento liviana, *everything irie, miss Lynton!*, grita Josephine. La gente empieza a inundar las aceras, yo cruzo la calle para caminar hacia abajo, cuando distingo a una mujer larga y delgada que viene hacia mí, sandalias plateadas, falda violeta hasta las rodillas y blusa amarilla ceñida de hombros descubiertos. Imposible pasarla por alto.

—*Gyal! Whe' yo deh!?* ¡Yo te buscaba y te buscaba entre la gente y no te vi! —grita Juleen.

—*Miss Juleen!* —grito también y le doy un abrazo que la aprieta toda, igual que la última vez que la vi en el colegio.

—Tuve que salirme… ¡Estás hermosa, Miss Juleen!

Tiene unas trenzas largas y se ve en verdad radiante.

—*An whe' yo guain?* Mami, tenemos un *thinkin' rundown* —dice y me persuade con su voz fina y con esas pestañas largas—, ¡te estaba buscando!

—¿Un *what*? ¿Un rondón de pensamiento? Eso suena bien exótico…

Juleen me agarra de la mano y me jala hacia donde tiene parqueada su moto. Su arranque me divierte, me pregunta por el concierto, ¿qué tal el jamaiquino?, pero le cuento que estaba en la *fair table*. «¿Conoces a esa señora Josephine?», le pregunto. No se fijó en la mesa, dice. Antes de prender la moto me cuenta que el rondón es en el *Gough*.

## IV. *LIKLE GOUGH*

El calor me despertó con su grosería, y el gallo y el taladro.

La miro y la miro, pero la figura necia de Becca tiene todavía la mirada perdida, me evade mientras yo me llevo a la boca mi singular desayuno, una espesa colada hecha con canela y con el *bread fruit* que recogí anoche en el patio de la universidad, en el *Gough*. Esta es la primera colada de fruta de pan que pruebo, y a mí me parece que ahora sí me merezco la occre, porque pude prepararla y en especial porque no la preparé de cualquier fruto.

Me desvelé por horas. Llegué a la casa pasadas las doce, en un estado totalmente alucinatorio. Entre la evangélica voz de *Maa Josephine* y una olla de rondón, creo que tuve visiones de zombis, esclavos, revueltas. Lo siguiente fue que me vi en el espejo largo de la entrada de mi casa cargando un *bread fruit*. Lo llevé a la cocina sin encender las luces, subí las escaleras y fui directamente a tumbarme en la cama. Una ventisca repentina en la madrugada me evitó la agitación del abanico. Cuando cerré los ojos lo último que se escuchó fue el monólogo del plátano contra la reja. Un ruido que debió haber sido fuerte me regresó de un lugar incierto, en el que el fantasma de mi madre me preguntaba por el anillo de diamantes que me regaló.

Abrí los ojos aturdida en la madrugada, ¿ahora qué? Sé que tuve que haberme medido la glucosa, con todo y tinieblas en los ojos. No era el azúcar. Me llevé los brazos sobre la frente y me quedé quieta esperando que el ruido se repitiera. Estuve a punto de quedarme dormida de nuevo, cuando noté que el ruido de las hojas contra la verja se transformó de pronto en preludio para otro movimiento dramático. Quedé sentada en la cama por efecto de resorte y ya ahí lo oí de nuevo. Crac, crac, crac, arañazos. En una fracción de segundo repasé el mapa del cielorraso de la casa, algo se arrastraba. Era una rata, seguro. Y entonces debía ser una rata gigante. Las láminas de madera vibraban. Pero si el exterminador dijo que no había animales en el cielorraso, después de pasar por ahí con ese *fuckin'* aceite cuya limpieza se llevó tres días de mi vida, pensé. Era alguien, había alguien en el cielorraso. Pero ¿quién carajos y por dónde entraría? Un niño, un perro, un gato. No, no me cerró, ni me cierra, ninguna de mis teorías. Me levanté y traté de seguir el curso del ruido, como el de esa noche en que vi por primera vez a Becca y a Jerry.

En el pasillo escuché el desliz, el ruido siniestro de la fricción, de un cuerpo arrastrándose, lento, por la madera. Sentí esa tracción con un calambre indescriptible en las axilas y con el chorrito de sudor recorriéndome la espalda. Del susto me dio más calor.

No me moví más. Sentí un arrastre de cables, la vibración del techo, el detestable ruido de garras contra una lámina de zinc. Hizo una línea desde mi cuarto hasta una esquina en la habitación que era de mis papás. Detesto a los otros habitantes de la casa, pensé, ahí estaban, ¡prum! ¡pram! crick, crrsh… Silencio. Después de unos instantes, no escuché nada más. Sentí los párpados pesados, los brazos desganados. ¿Y si lo ignoro y ya? Yo estoy aquí abajo, y esa vaina está allá arriba, y punto, me dije. Si era una rata, o una familia de ratas, ya está, lo resolvería de día, eso, mejor, pensé.

Ahora, de día, no tengo ninguna intención de meterme al sauna en el que se convierte el techo a esta hora. Más bien miro a mi Rebecca a los ojos, pero no se deja. Me gustaría que me contestara su inimaginable voz de mujer, desde la eternidad. Después del viaje de anoche, después de esta colada, la eternidad queda aquí mismo. De parte de Jeremiah, por ejemplo, he tenido muchas noticias. Lo miro y casi siento que me está saludando, desde la foto, o desde este plato, desde la cuchara, en el frutaepan.

Anoche Juleen descendió volada por todo *Harmony Hall Hill* hacia el este. Yo iba elevada en el *ride* por la columna ondeante del caballito de mar, bordeando casas de madera con pórticos a la antigua y jardines repletos de flores que en su mayoría reconozco de vista, pero que no sé nombrar. Registré cayenas y buganvilias de varios tonos, y el resto, colorido y exagerado. Los mangos, chiquitos, se regaban a ambos lados de la carretera, más abajo se extendía también un lecho con jobos y yumplones. A esos 90 km/h que marcaba el velocímetro nos golpeaba el olor a fruta madura y más abajo, a sal. Se empezaban a ver algunos enormes cangrejos de tierra, blancos y azules, nerviosos como siempre.

La loma del mexicano, como le dicen los continentales a esa zona, tiene una pendiente bien empinada por la que algunos pelaos todavía a esa hora bajaban volados en bicicletas destartaladas. Un intento de suicidio. Repasé la conversación con *Maa Josephine* sin poder superarla y aproveché a Juleen para curiosear.

—Hey, ¿tú qué sabes de los *obiás*, amiga? —le pregunté tratando de sonar casual. Mi amiga nació y se crío en *Barker's Hill* y ya me había contado, sin disimular el orgullo ni, en la misma medida, la desesperación, que en ese barrio había menos mezcla con continentales que en otras zonas nativas.

—¿Y tú por qué estás preguntando por *obiás* ahora? —disminuyó la marcha para sobrepasar un reductor de velocidad y ambas saltamos en el asiento.

—Escuché de eso… hace tiempo, tal vez mi mamá fue adonde uno.

—Yo nunca he ido a eso —dijo tranquila y aceleró un poco—, aunque mucha gente de la iglesia también va, ahora como que hay uno famoso en Providencia…

—Mi mamá me contó algo raro, como que en un papel en blanco que ella misma llevó el *obiá* dejó caer una gota de sangre del dedo de ella y puso luego el papel para que se calentara con la llama de una vela, dijo que de repente empezó a dibujarse un árbol de la vida y… y no recuerdo el resto de la historia.

—¡Vayaa! — respondió Juleen, y se quedó callada un momento, como recordando también.

—Pues aquí eso es desde siempre que la gente vaya a que le den consejos, y que los muñequitos de cera para dañar a los enemigos y no sé qué y ¡no, no, no, no! —sus trenzas se agitaron con el movimiento de la cabeza—. ¡Huh! ¡Mija, aquí el *obiá* sería el mejor repelente para no meterse con marido ajeno! —ni bien empezaba a hablar como si lo hubiera visto con sus propios ojos, cambió sin pausa el tema—, ¡amiga, mira para ese lado! —señaló con la cabeza hacia la derecha—, este terreno aquí en *Harmony Hall* es donde los raizales queremos poner un cementerio. —Pasamos de largo y pronto apareció la señal que indica que por un camino destapado hacia abajo queda el *Duppy Gully*.

—¿*Harmony Hall*? ¿Así se llama esto? ¿La loma del mexicano?

—¿Cómo así?, ninguna loma del mafioso ni qué nada, y adonde vamos no es simplemente «San Luís, donde vive la gente feliz» —se burló—, ¡sino *Likle Gough*! ¡Es que las cosas aquí ya tenían nombre desde antes!

Se meció de un lado a otro en la moto, pronunció con una dicción menos formal que la de *Maa Josephine*: *Likle Gough*.

—Sí, sí, ¡abajo pañas! —le dije dándole un pellizco en la cintura y ambas soltamos la carcajada.

—¿Y el *Duppy Gully* no era un pantano? ¿Piensan hacer el cementerio al lado de un humedal, Juleen? —pregunté, pensando en las más básicas nociones sobre los humedales de los últimos años de colegio.

Apenas cuando San Andrés se convirtió en una reserva de biosfera de la UNESCO, en 2001, empezaron a dictarse clases de educación ambiental. Un profesor que venía de Alemania fue quien presionó para que ese fuera el énfasis de nuestra promoción, aunque tomó años para que otros colegios adoptaran la iniciativa. Igual, ya para entonces todos los ecosistemas llevaban años en peligro. Juleen me contestó con algo que me dejó helada.

—Manglar o no, *duppy* es *duppy*, es el pantano de los espíritus, allá ya hay fantasmas, unos más u otros menos, ¿qué importa?

El ruido de un mofle nos interrumpió, el de dos, de hecho; dos pelaos nos sobrepasaron en una frenética carrera de descenso, Juleen pitó de vuelta y gritó *Alright!* Era su primo, dijo, un tipo de su mismo color, como el cacao, con largos dreadlocks ondeando en el aire.

—¿Se supone que en el Gully hay fantasmas?

—Es que *duppy* quiere decir eso, espíritu. Ahí abajo era que iban a dar muchos esclavos tratando de esconderse. Además se supone que cuando las bandas criminales quieren desaparecer a alguien, lo tiran ahí —dijo eso bajando la voz y frenando para girar y tomar la avenida principal, ya estábamos frente a la playa de *Sound Bay*. ¿No sabías? Me preguntó Juleen. No, por supuesto que no sabía, ¿cómo iba a saber? —Es tenaz, *gyal*, un pelao del barrio de mi novio trabaja cobrando las vacunas de las Bacrim, muchos pelaítos andan en eso, por eso sabemos que es verdad.

—No sabía que hubiera bandas criminales en la isla, qué mierda, pensé que era algo del interior —dije con vergüenza, una anotación obvia. Me sentí inútil sin poder aportar nada inteligente.

—Hum, sí, mija, turismo, drogas, ¿cómo no? —dijo Juleen apagando la voz.

—Amiga, ese es otro tema, pero enterrar muertos en un humedal no es buena idea, vamos a terminar tomando agua de muerto…

—¿Y la sobrepoblación de muertos, dónde los enterramos? ¡Apenas el mes pasado a mi mamá la gobernación le pidió que exhumáramos el cadáver de mi abuela!

—¿QUÉ? —grité duro. Ya Juleen se estaba deteniendo apenas al lado del cruce con la vía principal.

—*Yeeees!* ¿Cómo te parece? —Sacó la llave, me bajé de la moto y ella siguió hablando—. Y tuvimos que sacarla, nos dieron un millón de pesos y nos dijeron que teníamos que tener los restos en la casa, que no podíamos enterrarlos, ni siquiera en el patio, porque es contaminación. Ya llegamos, *come, gyal!*

Con el fresquito y el ruido del mar en la bahía, me pareció que habíamos estado hablando de otro lugar, un lugar distante, un gueto en el que la gente desaparece a la vuelta de la esquina, en el que los adolescentes consiguen trabajos que se convierten en cárceles. A lo lejos sobre el horizonte se podían ver las lucecitas tintineantes de los faros que indican a los barcos el camino del dragado hacia el puerto. Me bajé de la moto, recordando que allí el mar insistió siempre en comerse el andén y hasta parte de la carretera; ahora hay un puentecito de madera bien pintado, que seguramente no resistirá demasiado tiempo en esas condiciones.

En ese pedazo que bordea la isla todavía no hay fachadas de hoteles. El puente, que es como un camellón elevado sobre la bahía llana, cubre una curva discreta contigua a la avenida Circunvalar, desde una casa tradicional, de madera y techos triangulares, hasta una biblioteca cerrada elevada con pilares sobre el mar, que también parece vacilante, esperando por su hora definitiva. De día ese pedacito es perfecto para ver Rocky Cay, que ahora tiene palmeras, no como antes que era un trozo de roca desnuda, al lado se ve el naufragio del Nabucodonosor en dirección hacia Cayo Bolívar, *South Southwest* y *South Southeast Cays,* el nombre de los nativos de los cayos del sur. Es hacia allá que queda el continente, ese lugar enorme e incierto donde están las ciudades y la gente fría, un imaginario hacia el horizonte del *East* de San Andrés. Aunque hacia el *West* uno podría imaginarse otro pedazo de continente, Centroamérica. No es así que lo hemos visto, ahora que lo pienso. Nicaragua no es «el continente», allá no vamos en avión.

La luna había agitado la marea, llevando las olas hasta el tope de las barandas del camellón, en la mitad de la calle estaban regadas esas algas amarillas de bolitas, con las que yo jugaba cuando chiquita. Quise saber el nombre, por fin, pero Juleen tampoco sabía.

—Y yo que pensaba que todos mis paisanos eran navegantes—dije para provocarla.

—*Na-ah!* ¡Yo soy del *bush*! A mí me dejan en el monte que yo al mar le tengo miedo, ¡a mí no me boten al mar que yo me muero! —protestó, aclarándomelo como de una vez y para siempre.

Hice varias preguntas más antes de llegar al patio

del rondón: ¿uno no se puede morir en paz? ¿Y qué pasó con el horno crematorio que trajeron hace tiempo? «Contaminación, todo es contaminación», me dijo ella escéptica y los ojos torcidos.

—¿Tus apellidos son de *Likle Gough* entonces? Oye, ¿te acuerdas cuando este puente no existía y había una casita aquí? —preguntó Juleen señalando al malecón.

Ahora lo recuerdo, una casita muy vieja, inclinada hacia la carretera como si se le fuera a caer a uno encima, no había andén sino que la puerta daba directamente al asfalto.

Andamos por un camino de tierra cubierto de piedrilla al lado de un edificio blanco de techo triangular, caminamos hacia el fondo del terreno.

—¿Quiénes hacen esto, Juleen, esto del *thinkin' rundown*? —pregunté, cuando escuché un *zouk*, un ritmo que se me hizo familiar. Se me derritió algo por dentro, caí en cuenta de que no escuchaba esa música hacía mucho.

—Aquí están unos amigos que forman discusiones con los pelaos sobre los problemas de la isla, de sus barrios —me dice Juleen, adelantándose para saludar a un panzón que le da la mano y se disculpa por la cara y la camiseta bañadas en sudor. El hombre la trató con cercanía, pero no sonrió. Me miró de reojo y me acerqué.

—Ah, ¿tú eres de aquí? Yo nunca te había visto por aquí —dijo cuando Juleen me presentó, sin pausa pegó un grito y dio una orden en creole a dos manes que estaban echando cosas en una colosal olla. Con eso come medio *Little Gough*, pensé.

—Yo tampoco te había visto —le tiré riéndome y Kent, como se llama el cocinero, el eje de toda la actividad, sonrió un poco pero como sin ganas.

—Bueno, esta es la zona de los guerreros y por allá es que están los filósofos, *Miss* —señaló con el cucharón como si fuera un arma apuntando hacia un grupo de tipos de pie alrededor de una hielera blanca—. Juleen, *a guain finish so mek unu eat!* —tarareó la canción que sonaba y se limpió la frente con un pedazo de la camisilla blanca, dejando su redondo abdomen descubierto por un momento, *send down di money, daddy, send down di money, Hurricane Dean just hit! Di house dah blow off, electric cut off, send it down before di buai fil iks.*

—*Uokie! Dat ting betta be good!* ¡Tengo un hambre! —dijo ella torciendo los ojos.

Juleen ya caminaba hacia los otros mientras cantaba también el coro de la canción sobre el huracán Dean. No saludó más que con un casual *hello, how things?* Me presentó con una voz que se le fue como en degradé de principio a fin de la frase, me pareció que no había pensado que se encontraría frente a tantas miradas suspicaces. Un man de lentes empañados y de camisa desordenada por fuera del pantalón me reparó de arriba abajo, y enseguida se volvió hacia el resto del grupo para intentar retomar el hilo de una discusión aparentemente acalorada. Antes de que siguiera, un chico que peló un conjunto de muchos dientes me extendió la mano. Se llama Franklin, fue el único que me sonrió con ganas. El siguiente soltó una risita aguda como para reírse de su amigo y me dio la mano también, serio, un hombre tal vez de mi edad, de lentes de marco negro y camisa estampada con diseños como los de las túnicas de la iglesia. Se llama Maynard —repetí varias veces el nombre en mi cabeza para no olvidarlo—, de apellido Livingston como el emancipador. Otros dos comenzaron a hablar como para sí y simplemente no nos saludamos. Finalmente el tipo de los lentes empañados me saludó con un apretón firme, su español no tenía acento, su piel era mucho más clara que la de los demás y toda su figura emitía algo más de madurez, los zapatos de cuero, el pantalón de dril. A pesar de ese aire, y de que fue mucho lo que dijo a lo largo de la conversación, la actitud de Rudy, como se presentó, fue bien distante. Ahora no sé si fue timidez, o precaución, lo que mantuvo siempre una raya entre jóvenes como ellos, o sea nativos, y jóvenes como yo, o sea pañas de padres continentales, de barrios como Sarie Bay, Cabañas Altamar o La Rocosa.

El chico de muchos dientes y brazos largos me ofreció una cerveza. De la nevera de icopor que habrá sido blanca hace muchos años, sacó una para Juleen y otra para mí. Por un rato hubo un silencio un poco incómodo, les cortamos el hilo de una conversación animada y ahora nadie hablaba, todos miraban pa' un lado y pa' otro, le daban sorbitos a la lata, la arrugaban y la tiraban al montecito que iba creciendo poco a poco. Yo hice lo mismo, mirar para arriba, para abajo, tomar cerveza, pero a mí la cabeza no dejaba de darme vueltas, las caras de todos se me hacían tan familiares aunque jamás los había visto antes, ¿y por qué no los había visto antes? Vivíamos en la misma isla hace quince años, imposible no cruzarnos por ahí, ¿en el centro o en la playa? Estaba por retomar el tema con Juleen, cuando por el rabillo vi otra figura caminando desde el edificio de la universidad. Era claramente un cachaco que llevaba lentes redondos, de cabeza casi totalmente rapada y shorts de mezclilla oscura con camiseta clara. Llevaba un tatuaje grande en su brazo izquierdo. Se dirigió a Juleen y enseguida me miró con una mal disimulada curiosidad.

—¿Ya arreglaron el asunto entonces? —El tipo se frotó las manos, hablaba con marcado acento bogotano. Debe de llevar poco tiempo aquí, pensé, eso sí es ser cachaco, no, yo no, yo soy…

Se llama Jaime, es profesor de la Universidad Nacional y a la vez estudiante de una maestría. Saludó a Juleen y luego me saludó a mí, presentándose él solo, porque después del silencio de los otros Juleen ya no parecía muy segura de presentarme a nadie más. Me reí para mí un momento, se me ocurrió que las miradas le pesaban mucho a la Juleen, ¿traer a una paña pero tan *fuckin'* paña? El profesor, bastante joven para parecerlo, combina más con el ambiente de una colonia hípster de México que con la única universidad del archipiélago, plantada en *Likle Gough*. Tenía brazos y pecho de gimnasio y se disculpó por venir tan sudado; había subido y bajado *Harmony Hall Hill* en bicicleta para buscar efectivo y armar la vaca para más cerveza. Les pasó unos billetes a dos de los chicos más callados, cruzaron la calle para traer una paca nueva de una de las tiendas grandes del barrio.

Lo que siguió fue una discusión que me inscribió en un tour muy distinto por mi isla.

—No sé, hermano, lo de la Intendencia en 1912 fue el peor error que hemos cometido —dijo Livingston, en creole. Bebió un sorbo—, o uno de los peores —dejó abierto ahí. Entendí de qué se trataba el ingrediente *thinkin'* del rondón.

Nunca había escuchado tantos argumentos sobre la Historia del archipiélago, nunca había aprendido a trazar una línea de tiempo como esa, desde el año en el que la visión progresista de los hombres pudientes isleños consiguió el divorcio con la Intendencia de Bolívar. Pensé en Lynton.

No puedo recordar ahora todos los detalles. Nard, como le dicen, tiene una lengua que pronuncia parecido a la de la vieja Josephine, hablando con palabras que de su voz suenan extrañas: «Parce, quedarnos con Colombia en esas condiciones, cuando hasta nos llamaban los Estados Unidos», dijo en algún momento. Me fascinó el «parce» de esos labios gruesísimos, por donde salían también eses enfáticas y tes marcadas como las de *Maa*. Nard seguramente había pasado años en el interior, en Medellín, o en la capital. Él mismo se contestó a la observación: a

Estados Unidos le convenía la posición geográfica, pero había que mirar hacia el archipiélago de Estado de Puerto Rico, un huracán arrasa la isla y luego de meses sin electricidad y de trato displicente, la «relación neocolonial» con Washington no es envidiable. Nos quedamos como estábamos, porque tampoco sospechábamos que esto era lo que venía, dijo Livingston.

Terminé la primera cerveza sin decir nada, preguntando cositas de esto y de lo otro a Juleen. Más tarde empecé a hablar más duro, pero tengo más dudas que incluso después del *sugar cake* de la falda de *Maa*. Cada vez que yo vaciaba una lata, Franklin saltaba y me traía otra sin preguntarme.

—Supongo que la Intendencia no fue lo mejor, sé que fue apoyada por los pocos comerciantes que había aquí, por los que tenían cultivos grandes, pero ¿no fue simplemente parte de un proceso de aprendizaje? —dijo el cachaco.

Con las cervezas y con el mareíto que dibujaba colores entre mis ojos y el mundo, como si viera por entre un velo que bailaba soca, noté los ojos de águila del brazo del tipo, un tatuaje de esos que salen caros.

—Eso mejor que lo conteste Rudy —dijo Nard.

Todos miramos al hombre de gafas empañadas, que se tomó un momento antes de hablar, como quien va a decir algo concluyente. Rudy debe tener unos treinta y tantos. De camino a la casa, obligué a Juleen a hacerme un resumen ejecutivo sobre el grupo del que nos acabábamos de despedir. Se juntaron como reacción al fallo de La Haya, lo de los rondones al principio fue circunstancial, pero terminaron convirtiéndose en un grupo de formación política para jóvenes. Maynard es licenciado en filosofía, y Rudy abogado constitucionalista. Había también dos ingenieros, un técnico electricista, un diseñador gráfico, un cantante profesional, dos mototaxistas y varios pelaos de colegio. Muchos de ellos han dedicado su carrera académica y su trabajo a la causa por la autonomía de San Andrés y Providencia, me dijo Juleen, que estudió finanzas en Barranquilla. Rudy hablaba pausado, mucho más que los demás. Entre mis telarañas yo prestaba atención, aunque me ponía nerviosa pensar que por hablar tan lento alguien más le arrebatara la palabra y se desviara la atención hacia otro tema, dejándome a mí con el cuento empezado.

—El problema es que, ¿ya? —muletilla—, a cambio de la Intendencia, a cambio de administrar la plata de los impuestos que en Cartagena se robaban, Bogotá empezó con su estrategia de enviar continentales a la isla —hizo una pausa y se mojó los labios—. Con la misma ley que se creó la Intendencia, se les regaló el viaje en barco a familias que tuvieran al menos cinco hijos —unos se agarraron la cabeza con las manos, yo me reí negando y pensando en el mototaxista soledeño, en Natania, en el *Back Road*— ¿Qué tipo de personas en el Bolívar tenían familias de cinco hijos en 1912? —Destapó la siguiente Miller Light, dejando caer un poquito al suelo.

Y cien años después, jodidos los unos y los otros. Alguien dijo «etnocidio».

Me quedé absorta recreando mentalmente familias llenas de pelaítos, hablando todos un español bien golpeado, mirando hacia los patios vecinos, hacia las huertas de los nativos, nutriendo de a poco el púlpito de sus iglesias de barrio, no entendiendo nada, se bañan en el mar porque no hay agua dulce, son pobres, algunos vienen de la miseria, su vida es más digna en este Caribe que en su orilla distante. Jaime intervino y su voz rayó toda la escena. Es politólogo y dicta una clase de sistemas políticos en los primeros semestres de pregrado, según el informe de mi amiga.

«Pensemos en lo que Colombia era entonces…»; no se le podía pedir peras al olmo, desde el futuro no podemos exigir más a semejante experimento republicano, el Estado era débil no solo aquí, sino fuera del espectro andino y, para completar, aquí se hablaban inglés y creole, confundido siempre con el *patois* de las excolonias francesas. Colombia entró al siglo xx en un horrendo matrimonio con la iglesia católica desde la Constitución de 1886, ¡y aquí llega un gringo en un barco a preguntar directamente si se quieren anexar, después de la venta de Panamá! El Estado obvio iba a reaccionar, dijo Jaime con un cantadito un poco fresa.

En intermitencias me pinté varias escenas que sí que no conocía. La llegada del *uss Nashville* a la ensenada del Cove en el kilómetro nueve de la Avenida Circunvalar me parece un episodio apasionante. Seguí el siguiente episodio que echó Nard, que de cuando en cuando se quedaba con la mirada perdida en un punto incierto de la tierra, *Lord, have mercy!*, exclamaba y se agarraba la cabeza riéndose de repente como sorprendido, me reía yo detrás de él, tontamente.

En algún momento Washington defendió su soberanía sobre los cayos del norte, Roncador, Quitasueño y Serrana, que hoy quedan en la frontera con Jamaica. Desde la emisión de la ley del guano hasta el Esguerra-Bárcenas, o algo así, Estados Unidos reclamó el área aduciendo que su interés nacional estaba allí donde hubiera caca de aves. «El colmo, parce» en la voz profunda de Nard y con sus golpes a las consonantes. Todo era el colmo. Sí. Y dijo Nard que su tatarabuelo fue el mensajero que salió a caballo por todo *Free Town,* por el *Gough* y por otras zonas de la isla que nombró de corrido, pero que no recuerdo, anunciando que querían desembarcar dos gringos de un barco militar enviado por Roosevelt. Yo imagino a un caballo andando por la loma por la que yo acababa de bajar en moto, tal vez lo imagino directamente a él, a Nard, con todo y lentes cabalgando a pelo, así con su camisa de estampados casi psicodélicos, gritando cosas en creole. La gente, muchas mujeres, habría salido a sus pórticos para escuchar el mensaje de los *aliens*. Los hombres se habían ido a trabajar en la construcción del Canal y traían historias del carácter de los gringos, relatos de los abusos que pasaron los afro, el hacinamiento en chozas, los maltratos físicos, «una bandera o la otra, ¡ninguna era la de la nación creole!», dijo en algún momento Rudy y entonces el Nard ancestral a caballo llevaba también un estandarte… Nard lanzó con actitud una lata hacia el montoncito que ya había crecido considerablemente y se rompió la fantasía, ya me acosaban en la mente una cantidad de conceptos y de símbolos que había dejado de cuestionar hacía tiempo; idioma, frontera, origen, destino. «En ninguna parte de la nación creole hubiéramos pasado por tantas confusiones, que la capital, que la autonomía…».

Yo no había escuchado antes esas palabras juntas, las repito mentalmente todavía, las consumo, las digiero, nación, creole. Juntas: nación creole, nación creole.

El problema de la Intendencia Nacional es que sus promotores, liderados por Francis Newball, no imaginaron el efecto a largo plazo del conservatismo de Bogotá. Newball era el representante de las islas en el cabildo de Cartagena, un abogado trilingüe y aparentemente encantador que fundó el primer periódico de las islas, *The Searchlight*, para difundir el mensaje de la autonomía administrativa. Nunca consideraron, él y sus seguidores en la élite, una medida más agresiva, como la independencia.

Tengo varios pedazos en blanco, nos dispersamos y nos juntamos de nuevo, bailamos, nos reímos juntos, pero creo que cada uno por cosas distintas. ¿Estaría aquí el cachaco estudiando las teorías del Estado en el campo, viendo cómo se desenvuelve el contenido de sus libros? Lo miré con suspicacia, como me miraban a mí los otros. ¿Estaría yo aquí si San Andrés se hubiera separado del continente, de todo? Llena de preguntas que el éxtasis no me dejaría resolver inmediatamente, pensé que nunca había estado en una universidad en San Andrés. De hecho, hasta anoche no conocía universidades tan pequeñitas, con patios llenos de cocos, jobos y guayabos, en donde escuchaba de tanto en tanto, además del dancehall, caballos relinchando y gallos cantando. Nunca había estado en un rondón, tampoco. Es una confesión horrenda, nunca había estado en un rondón.

—Nadie se acuerda de esto: Bogotá —gritó Livingston en prédica a la capital—, Bogotá entregó la Mosquitia a Nicaragua en 1928, con el tratado Esguerra-Bárcenas —dijo todo y las fechas con total rigor—, ¡cuando de aquí hubo capitanes que se sacrificaron para no perder la conexión entre las familias! En la costa de Bluefields, en Corn Islands, nosotros cruzábamos y volvíamos de Nicaragua, era nuestro territorio y después la gente empezó a necesitar que pasaportes y permisos... —Su boca gruesa le descubría todos los dientes y se le salía de cuando en cuando una risa aguda con la i.

Y yo:

—Este *feelin'* es serio —le dije a Juleen.

Sonó un zouk francocaribeño y a mis manos llegó otra Miller, ya destapada. Luego salió el tema del Puerto Libre, del dictador Gustavo Rojas Pinilla, a quien le debemos el aeropuerto y la Circunvalar, embutido todo en medio de manglares rellenados. Así empezó la masacre de los cangrejos negros, hembras cargadas de huevos que en cierta temporada quedan aplastadas en la carretera en un intento por cruzar la calle para desovar en la playa.

Casi todo el mundo tiene posada aquí, me enteré anoche. Me dijeron, es más, me insistieron en que yo puedo tener una aquí, en mi casa.

—Ah, me quieren poner a mí a recibir los reductos del Puerto Libre, *dat dah no fi mi, no, no, no* —bromeé. Juleen soltó una carcajada, pero me miró rayado y me pegó un empujoncito.

Juleen tiene ahora una posada en su casa en la Loma. Ella misma ha recogido a decenas de turistas en el aeropuerto y les ha dado la inducción del caso, enterándose de primera mano de la cantidad de babosadas que llegan pensando cuando aterrizan. Pero es imposible darles toda la información, o lograr que presten atención, si vienen esperando sacarse los diablos aquí. Ella misma los regaña cuando llegan a la posada con bolsas de caracoles y corales que sacaron de la playa, cuando ve las fotos tomadas con las estrellas de mar en Haines Cay, cuando se tiran borrachos de su terraza al jardín vecino. Al menos ahora los nativos pueden participar más del turismo.

Pero el turismo nunca fue el eje de la economía, no fue eso en lo que pensó Rojas Pinilla con el Puerto Libre. Entonces, en el '53, pasamos de tener dos hoteles a tener cerca de cincuenta dos años después. La gente venía como loca, no a emborracharse y a tirarse al mar; eso vino después.

Del continente venían buscando importaciones baratas, la isla se volvió un centro comercial, de contrabando primero, luego, de lavado. La gente ni siquiera venía por el paisaje, en toda América Latina era la época de la política de sustitución de importaciones y con la exención de impuestos San Andrés se volvió atractiva para muchos árabes que llegaron de Panamá, de Barranquilla, y para los paisas, que vinieron a aprovechar el comercio. Mientras el continente entero le apostaba a consumir productos de la industria local, San Andrés se hizo dependiente de las importaciones hasta en lo más básico y, efectivamente, llegó la economía basada en el consumo.

—Paisas, paisas —alcanzó a decir Juleen torciendo los ojos hacia arriba y cruzándose de brazos.

—¿Y qué, es que los paisas qué tienen de malo? —imité el acento con sarcasmo.

—¡Eegh! —exclamó Jaime—, yo soy de familia paisa pero ¡eehg!—se rio mirándome.

Nard se había apartado hacia la olla de rondón diciendo algo en creole que no entendí. Ya el olor a pescado en leche de coco hirviendo era intenso. A esa mezcla olía cuando subíamos por La Loma, desde el centro hacia el *Barrack* en los paseos de domingo. Volvieron a mi mente esas miradas que buscaba, los ojos necios y altaneros, las señoras saliendo de la iglesia al mediodía, vestidas de falda larga de paño y sombrero con velo, los ojos rayados de los pelaos que hacían nada, sin camiseta y en chancletas, sentados bajo los arbolitos. Evoqué mi urgencia por ver algo, algo sin nombre. Entre tantas, sonó otra canción, un reggae que me rebotó hacia la adolescencia, una voz femenina cantaba el corito: *and man never really give nothing to the woman, that she didn't, didn't already have.* Sonreí, cuántos destellos al pasado, cuántas cosas guardo. La canción tiene la misma melodía de un rock clásico de America, tarareé lo que recordaba y sin pensarlo bailé un poco. Lento.

*So please, believe in me, when I seem to be down, down, down down, please be there for me,* un corito suave, *seem to be down, down, down down. I'll be there, you see if you want a lova', if you want a lova'…*

—…tampoco los ministerios, ni el del interior, ni la cancillería, ni el de medio ambiente, ni el presidente —estaba diciendo Jaime. Me miraba de reojo el cachaco, la conversación había avanzado, pero ya no me importaba, creo que ya a nadie le importaba, Franklin hacía tiempo revisaba su celular—, es desde la ciudadanía que se deben denunciar esos abusos de los empresarios… —continuó en un monólogo, hasta que chasqueó los dientes con impaciencia y enseguida oímos a Kent gritar.

—*Heey! Da who guain come help serve di pliets?* —se escuchó desde el área de los guerreros, donde los dos ayudantes habían claudicado, sentados en el piso con las piernas abrazadas mientras bebían callados. Tendrían unos dieciocho o diecinueve, máximo.

Entre ese olor fantasioso, coco, menta y caracol y entre la cadencia de ese *cheerful reggae*, se acabó definitivamente el *thinkin'*. Después del laudo final, algo así como que la verdadera autonomía no se conquista, sino que se representa, hubo un silencio trascendental que se rompió con el llamado para servir el rondón. Yo miré todo el proceso, el comandante sacó con su enorme cucharón primero los trozos blancos de pescado, de carne suave de caracol y los *pig tiels*, la colita de cerdo, un huesito cilíndrico y carnoso que siempre me impresionó y que nunca he probado. A la hora de comer llegó todavía más gente. Kent iba repartiendo cada pieza plato por plato, de forma que todos estuvieran completos al mismo tiempo, con los *dumplings* de harina, la batata y el *bread fruit* cocido. Unos quince o más platos y cocas plásticas desplegados en el suelo fueron levantándose con la asistencia de tres pelaítas de trenzas y pantalones cortos, que no me di cuenta cuándo aparecieron.

Yo no aprendí la historia local en el colegio; para mí la política era algo que pasaba en «Colombia». Ahora tengo tantas preguntas que no puedo organizarlas bien, y anoche menos. Todo esto me parece un episodio de no creer, el cachaco que lleva dos argollas en el dorso de una oreja se me acercó mientras los demás comían y yo miraba distraída hacia el cielo lleno de estrellas.

Antes de probar el rondón de las ideas calculé burdamente unas tres unidades de insulina.

—¿Y tú eres de aquí o naciste en Providencia?

Mucha gente piensa que soy providenciana, pero no, y mi mamá era cachaca y mi papá era mitad árabe. Peeero mi abuela era sanandresana, hija de un cachaco y una isleña, nieta de un jamaiquino de apellido irlandés, que se casó con una isleña. Comí poco, cuchareando ahora los últimos trazos espesos y grises de la sopa. Se lo intenté explicar señalando para un lado y para otro, lo miré y me reí. Me preguntó si me había criado en la isla. «Ah, las isleñas son las mujeres, si entendí bien», me soltó después de reírse. No había reparado en eso, hilar así a mis abuelas, pero así parece, le dije, «los hombres se enamoraron del Caribe, tan aventureros…». La música ahora tenía un volumen un poco más alto, se oía una canción de algún hijo de Bob Marley. Juleen estaba totalmente perdida en su plato de rondón, procesando con ganas el *pig tail* del mío, le sonreí al cachaco y me disculpé, las cervezas estaban apretándome hace rato.

Crucé el patio, hacia donde me dijeron que quedaba el baño. Me miré en el espejo mientras me lavaba las manos y me vi tan pálida. Pasé el monitor por el sensor, todo en orden. No era el azúcar, mi cara descolorida me pareció revelar ahí en ese espejo como dos siglos de hombres blancos, su piel, y la presencia de esas mujeres en mi quijada grande y en la nariz ancha. Pero soy tan pálida. El baño genérico y la luz artificial me dieron en cambio una sensación de realidad; me afané, quise volver a Sarie Bay, para pensar, me vi la cara de inútil reproche: ¿y mi abuela cocinaría rondón? Mi papá decía que sí. A mis papás les gustaba el rondón, recordé, pero el plato favorito era la sopa de pescado. No, abuela no hablaba creole, por supuesto, solo «inglés británico». Su papá era católico, su abuelo jamaiquino, ¿hablaría creole jamaiquino? ¿Y qué significaban para ellos los tres colores en la bandera y el himno que yo aprendí de memoria en el colegio? ¿Qué veían en todo esto? ¿Preguntas? ¿Respuestas? ¿Nada? ¿Y qué veo yo?

Me acomodé los pelos espantados, otra vez me revisé la glucosa. 110. Salí al pasillo de nuevo, pensando en la historia de Juleen sobre su abuela exhumada.

Ráfagas húmedas y llenas de sal circulaban por el pasillo alargado del único edificio de la universidad, rodeado de palmas, de jardincitos con las piedrecillas. La oscuridad del resto del edificio y del patio me situaron de regreso a la noche real maravillosa que estaba viviendo, y el viento, ¿qué no habrá tocado esta brisa antes de tocarme a mí? ¿Qué le importa a esta brisa, que es eterna, una piel menos o una piel más que abrace? Y para mí hizo toda la diferencia, caminé divertida como a los empujones del viento.

Frente a mí, al lado de unas motos parqueadas, como si se hubiera materializado de la nada, vi una lápida. Esta sí era la forma tradicional de enterrar a los muertos, en el patio, todo para que estos años después a los restos les zampen las motos encima, pensé. Sonaba un *reggae roots* suave, alargado y perezoso, *legalize it, yeah, yeah, and don't criticize it, yeah, yeah*, hierba por todas partes. Me atrapó la sobriedad de la inscripción de letras negras, que parecían talladas ayer. Me detuve a ver cómo se habían llamado un día esos huesos, a ver hace cuánto estarían enterrados en *Likle Gough*, en la mitad del patio de la universidad paña. Leí. Se me recogió el ceño. Leí de nuevo, otra vez. Era un extranjero. Sentí una onda caliente del pecho a la garganta, estática por todo el cuerpo. El nombre que he repetido estos días estaba ahí, grabado en piedra.

*J. H. Lynton*
*Born in Blackwater River, Jamaica,*
*The day of our lord Jan. 13th., 1870,*
*Died in the year of 1949,*
*In San Andres Island, Rep. Of Colombia*

Ahí mismo estaba la mano que vi sobre el hombro de Rebecca, seguro ahora con uñas largas y pardas, la cabeza blonda, ahora convertida en un pequeño cráneo, con una mecha encanecida. Mi sofoco despintó por un instante todo el entorno. Quedamos la tumba y yo mirando hacia Jerry ahí debajo. Se me desorbitaron los ojos y tal vez solté un pequeño «¡aah!» por la boca entreabierta. Luego me reí, me reí duro, *but what di hell is dis…?*, miré alrededor, espabilando, sonriendo como quien piensa que le han tendido una trampa, a ver si aparecía Juleen muerta de risa, o el puente de la gurú cocinera o el espectro mismo de Lynton. Nada. «Esta es la obra de un *duppy* que se escapó del pantano», me burlé de mí, apreté los ojos. Es que es absurdo. Estuve inmóvil unos segundos observando la loza, el montículo con forma de féretro alargado y la flor tallada que encabezaba la inscripción en la lápida. J. H. Lynton. No sé ni siquiera cuál es ese segundo nombre, del hombre alto y simpático, ojos irlandeses, pero escucho su acento, un acento de humedad y de gaitas, de puertos y de velas, veo a los católicos, esos mismos que usaron los contratos de trabajo vitalicio en América para huir del anglicanismo. Así llegarían sus padres, o sus abuelos, o sus bisabuelos, a algún puerto concurrido, tal vez en Dominica, ¿o no? Así habrán llegado a Jamaica, para que Jerry fuera un hombre de Kingston, de Black Water River, para que saliera de ahí, para que llegara a una isla y dejara su nombre en un patio y en una gente.

Metida en esa película, oí algo que golpeó la tierra, ¡pop! Enseguida di un brinquito hacia atrás y giré la cabeza hacia la derecha, ¡un *bread fruit* cae del cielo! Risita. Miré hacia arriba y el árbol gigante estaba repleto de frutos pesados que doblaban las ramas, frutos parecidos a guanábanas, enormes y redondos. Hubiera sido muy chistoso si me hubiera caído en la cabeza, por ejemplo. Lo miré y miré alrededor otra vez. No recuerdo la canción que sonaba, desde la olla de rondón se esparcían risas y gritos. Me hubiera quedado otro rato más contemplando el *bread fruit*, verde, rugoso, de no ser porque Juleen ya se me acercaba para decirme que nos íbamos.

—Un *bread fruit* cayó —le respondí y lo señalé, como una niñita.

—Ajá, *yo guain tiek it?* —lo recogí antes de que terminara de preguntarme—. Pero ese *bread fruit* es de muerto, mi abuela no me dejaba comer los frutos de los cementerios —dijo Juleen cuando me vio mirando hacia la tumba.

—¿Ah? Nah, pero no es un cementerio, es un solo muerto, además mi tatarabuelo lleva muerto demasiado tiempo…

—¿Tu *what*? Te enloqueciste*s* —soltó Juleen meneando el cuello y alzando la mano al cielo, empecé a reírme, incontrolablemente, apretando el *bread fruit* contra el estómago.

—Es mi tatarabuelo, Juleen, ¿te acuerdas que te dije que mis apellidos son de *Little Gough*? J. H. Lynton, Jeremiah Lynton, míralo, ¡es él! ¿Quién más se llama así? —me puse una mano en la boca, a Juleen le salió una mueca y echó la cabeza para atrás:

—¿En serio? *Mad me!* ¿Y tú sabías? ¿Cómo lo viste? *Wat di hell!*

—Pues es una tumba que está de frente al pasillo que sale del baño, ¿no?, no podría ser más visible a no ser que tuviera luces de neón, o fuegos artificiales, o algo así…

—¡Tonta! —grita—, como venías hablando de eso es

muy extraño —se puso seria, como buscando más palabras en su cabeza—, tú eres rara, mi vale.

—¡Lo sé!

—¿Te vas a llevar eso entonces? —señaló el fruto, maduro, listo para cocinar.

—Pues ¡claaaro, *mama*! —le dije alzándolo sobre un hombro— ¡Míralo, está divino!

—*Uokie,* usted verá —lo miró de reojo como si temiera que la fruta fuera a hablarle—, bonito sí está, pero esto es muy raro, no sé, bueno —chasqueó los dientes—, nos vamos, *come come*…

Nos devolvimos cerca de la olla para despedirnos de Maynard, de Rudy, de Franklin y del cachaco que estaba hablándole a un Kent que no parecía prestarle mucha atención. Guardé los teléfonos de varios, de Nard, de Rudy. El cachaco me pidió el mío.

Nos subimos a la moto y Juleen salió volada, nos fuimos calladas hasta que pasamos el reductor luego del Gully. Juleen interrumpió mis pensamientos sobre Jeremiah. Iba viéndolo andar por ahí y mirando las casas pensé que los abuelos de los actuales dueños seguro alcanzaron a ser clientes suyos, en la tienda de la que me habló *Maa*. De repente me vi por todas partes, pegada en el paisaje como una calcomanía transparente. Juleen me empezó a hablar del cachaco, me contó que vivía en la zona de los Dicksy, uno de los bandos involucrados en los crímenes de los últimos días en *Barker's Hill*, el *Barrack* y el Barrio Obrero. No me interesaron mucho los problemas mundanos de unos y otros, le pregunté un par de cosas sobre el chico con cara de pájaro ojón y Juleen me respondió lo que sabía. Es cinco años más joven, profesor, vive en la zona *heavy*, sin novia que se le conozca, «y mira que tiene tremendas piernas, porque sube La Loma en bicicleta… Le gustaste, ajá, ¿y entonces?, el pelao está bueno».

—Pero los *duppies*, ese es el asunto más importante, Juleen, ahora que sé cómo los muertos viven entre nosotros —dije, aunque traté de disimular la exaltación que sentía, que siento—, ¿por qué yo no conozco esta historia que todos parecen conocer? ¿Qué nos enseñaron en el colegio, Juleen? —reclamé entre la lengua ya enredada y con aliento picante a caracol, mientras pasábamos de nuevo por el *Tamarind Tree*.

—Amiga, no te me enloquezcas, por favor, ¡ay, *mi laard*! —gritó en broma pero en serio—, yo todo eso se los he escuchado a los viejos y ya últimamente han salido muchas otras historias, pero con calma, con calma —advirtió.

—No te preocupes, querida, estamos bien, mi *bread fruit* de muerto y yo —le jalé una trencita.

—No me caes bien, no me caes bien, amiga, *yo deh crazy!* —Aceleró, una llovizna empezaba a hacerse pesada y para evitar el aguacero no dijimos más hasta que nos despedimos aquí en la puerta.

Mi *bread fruit* parece que se multiplicara. Después de lavar los platos me puse a cortar rodajas para fritar, cocí suficiente para dos coladas grandes y me quedaron tres cuartos todavía. Hundí las rodajas en agua con sal, como me dijo Juleen, mañana almorzaré con eso. He pasado la tarde divagando, repasando detalles de la etapa de la colonia, buscando conexiones y viendo un álbum mental de mis madres isleñas, anexado a las páginas de la Historia sanandresana. He pensado en sus elecciones, en sus designios de mujeres insulares, en sus humores, en sus voces.

Rebecca es la última mujer que tengo, la más vieja, a partir de ella todo está en blanco, o más bien, turbio. No sé quién la trajo al mundo, a callar así como calla; la he contemplado mucho y así la siento, al borde, así como se ve, paralizada en ese sillón de mimbre del estudio en

Kingston, con los pies cruzados debajo de la falda y la mirada desviada. Me pregunto si algo la habrá distraído en el estudio o si estaría cansada de la sesión de peinado y vestuario, aun sabiendo que así la veríamos desde el futuro.

*Prender, calar, exhalar. Repetir.*

El cigarrillito mal armado queda humeante en el pesado cenicero de mármol rosado que mi mamá trajo de Roma. Quizá Rebecca pensara que esa reserva era, precisamente, su mejor testimonio, un ejemplo de temple frío, en caso de que sus nietas lo necesitaran en algún momento. Quizá en ese viaje decidió irse con sus pelaos y dejar a Jeremiah, despojada de su dote, pero con el orgullo como fortaleza. Con la tarde que muere, los mosquitos buscan mis venas, significa que, de algún lado, irán saliendo todos los seres de la noche. Veo a la entonces joven tatarabuela, encandilada con el flash, tiene la boca tan apretada, más apretada que antes. Siento que en cualquier momento vendrá a mí como ola brava y yo le abriré los brazos, como a todas las olas que me han arrastrado estas últimas semanas.

## V. *BOWIE GULLY*

Son las siete pasadas. Encima de las casas se empieza a distinguir el humor de este día, caliente, sin nubes y con poca brisa. El cielo se ve de un lila claro que avanzará poco a poco hacia el azul vivo del pleno día. No hay plan pa' hoy. Miro desde el balcón hacia la fachada de enfrente, tan parecida y tan distinta, repleta de rejas, como si fuera una fachada de ciudad.

Todos los cubitos blancos del conjunto apenas empiezan a desviar los primeros rayos desde los sinfines, a cortar, como siempre, la brisa. He fantaseado con simplemente alzar mi cubo de casa y girarlo unos cuarenta y cinco grados a la izquierda, para que las puertas y ventanas de la fachada dejen salir los malos sueños, como dicen los nativos, con el viento y el sol de frente. Los electrodomésticos que igual no tengo durarían todavía menos, los espejos se teñirían más rápido de esas manchas verdes y mis libros sufrirían más por los hongos. ¿Nos comería más rápido la sal a todos? Quién sabe. De todas formas, esa ha sido siempre una guerra perdida. Me siento más caribeña que nunca, menos de la ciudad que nunca, la horrible ciudad, horrible.

Sin plan, aprovecho que la casa es grande, iré hacia

mis hojas sueltas. Me voy del balcón, acariciando las paredes blancas, manchadas. Las baldosas, rayadas y algunas desportilladas, tantos pasos y golpes; los techos, con ligeros desniveles e imperfecciones, con resanes de masilla para las goteras, más manchas de pintura blanca, azul, blanca. En la escalera, la larga baranda de madera está herida por mi paso de arriba abajo hundiendo lapiceros durante toda la infancia, en los baños, las lozas están picadas por los arreglos a las tuberías, en la pared hay secciones de cemento crudo y huequitos de taladro. Todo puede quedarse así. Debería aparecer el genio de la lámpara maravillosa para que con un deseo lustrara toda la casa y le reconociera su resistencia comprándole más tiempo todavía. Yo no seré ese genio por ahora, prefiero verla así, saber sus mañas, descubrirla otra vez.

Hace una semana tuve que mandar a desmontar una antena satelital que me despertó de los tumbos contra el techo en un par de noches de brisa que hubo. Pensé que para la temporada de vientos del norte saldría volando y haría un hueco en el tejado de algún vecino si no la cortaba. No he podido conseguir que la empresa recolectora se lleve el enorme disco metálico y a pesar de que me ofrecieron opciones irregulares para deshacerme de la chatarra, detestaría encontrar mi antena tirada entre el monte la próxima vez que camine por *Duppy Gully* como hace dos días, o por los alrededores de *Big Pond*, la laguna central. Aquí quedó postrada temporal pero indefinidamente la antena, en el cuarto de atrás, junto a los televisores viejos.

Rudy me llamó en la mañana del sábado. Me invitaba a una salida de campo, una caminata de unas dos horas por el jardín botánico, *Duppy Gully* y la laguna.

Me puse una camiseta blanca, una sudadera y una gorra negra, me eché una buena capa de bloqueador y repelente y esperé la hora a la que Rudy dijo que me recogería. Cargué mi bolso con las inyecciones, las pastillas, el sensor. Media hora después de lo hablado, oí el pito de la moto. Me subí a la scooter y pasamos el aeropuerto para tomar el mismo camino que me había llevado noches antes hasta *Lynton's Gough*. Cuando cruzamos el muro invisible que había sentido entonces en los rostros y las casas, le pregunté a Rudy por el nombre del barrio. *Slave Hill,* dijo, uno de los barrios menos mezclados de la isla.

Veinte minutos después llegamos a la universidad. Rudy estacionó al lado de la tumba de Jerry, y otra vez se me aparecieron sus ojos irlandeses y el bigote grueso.

—¿Ese es tu tatarabuelo entonces? —dijo Rudy con una risita intrigosa—, la familia que vendió el terreno a la universidad puso la condición de que se conservara la tumba. Viven aquí al lado, vamos a ver si hoy está abierto… —Arrancó a caminar hacia el mar de nuevo.

¿Me iba a presentar a algún Lynton? Me sentí como una intrusa de pensar que Rudy me presentaría ante alguien como «de la familia». Caminamos sobre la carretera unos pasos al sur y entramos a una terraza color naranja claro, de baldosas blancas y rejas negras. Una ventana de metal se abría hacia la despensa de la casa, desde donde se venden cosas sobre todo a gente de la universidad. En una de las sillas blancas de plástico de la amplia terraza estaba el cachaco, que se levantó de un salto cuando nos vio. Estaba tomando un descanso del trabajo, pero no se uniría a la salida a *Duppy Gully*, dijo.

Rudy llamó en creole, *good marnin'! Good marnin'!*, y en un momento apareció la figura de *Maa Josephine*. Sacudí la cabeza sin creérmelo. Sí. Allí estaban ella y el puente entre sus dientes.

—*Weeeell! Good marnin'!* —dijo como cantando, Rudy sonrió con sorpresa y la saludó de nuevo en un tono parecido.

—*Well, well, Josephine!* —dije sin salir del asombro y de un salto me acerqué hacia ella, hacia la puerta abierta de la casa.

—¿Se conocen? —Rudy me miró, la miró, me miró.

Josephine caminó también hacia el pasillo, ¡la abracé por fin! La sentí esponjosita y cálida y quise llorar. Josephine me dio sus brazos suaves y aspiré su olor, a polvos de lavanda y menta fresca.

—*Josephine Lynton?* —dije mirándola con suspicacia, el puente se sacudió con una risa que revoloteó en la terraza, aguda, contagiosa, incluso el cachaco se reía sin entender, desde la mesa en la que estaba.

—No, *mama*, no soy Lynton, pero soy vieeeeja, y tengo como casi… uhm, *centuries!* de estar por aquí —dijo con exaltación, sosteniéndome todavía una mano. Me reí, entonces entendí que Josephine es inmortal.

—Y no me habías dicho que Jeremiah estaba enterrado al lado de tu casa —le reclamé, con descaro, sintiendo su mano acolchonada de uñas nacaradas.

—Ah, mira que ya lo *sabe*, no necesitas que nadie te diga nada, ¡no pensaba verte tan rápido otra vez! —Y se puso las manos en la cadera, como si fuera a bailar un *jumpin' polka* con ese faldón lila. Pensaba verme, pero no tan rápido, había dicho, yo no paraba de negar con la cabeza y de sonreírle.

—¿Y ahora qué sigue, *Maa*? —dije—, ahora eres mi *Maa Josephine*.

—Ah —se sonrió—, aquí tengo los otros que soy *Maa Josephine, Maa Josephine*…

—*Maa!* —se oyó un aullido desde el patio y Josephine volteó hacia allá, de donde salió un enanito con un afro perfecto, tambaleándose, perseguido por otro exactamente igual.

—Son mis bisnietos, son gemelos, ya ves, ay *mi lard, what, pappa!? Bijiev, buais, a guain!* —que se comporten los dos chiquitos, mandó, escuchamos los gritos de una persecución animada—. *An we yo guain now?* —preguntó.

—¡Wow! Bisnietos gemelos de *Maa Josephine, dem lucky buais!* Entre tu voz y un *sugar cake* de tus bolsillos debe ser una aventura crecer en ese patio —dije extasiada, Josephine solo se reía—. No sé, ¿para dónde voy ahora? —Volteé hacia Rudy.

—Vamos para el jardín botánico primero y de ahí a Big Pond.

—¡Ja, jai! —aplaudió—, bueno, ahí siga, siga por ahí, ande, vea… —me hacía ademanes con la mano derecha al aire, asintiendo con la cabeza—, todo ese tereno era de Lynton también —sus tes y sus des sonoras, sus erres anglo, su tono tipo seda gruesa—, todo lo de la universidad paña —y se rio mirando a Rudy. Jaime seguía atento, justo detrás de mí.

—Suave, suave con el paña —reaccionó el cachaco riéndose—, *take it easy* —dijo en inglés.

—*Yeeessa, tieking it easy!* —reprochó *Maa* torciendo la cabeza y con su puente y sus ojos saltones. En el día sus ojos se ven como ámbares oscuros, igual de centelleantes—, *no problem with young teacha', young man!* —dijo ella y Jaime se sonrojó un poco—, *no problem with Nairo, Nairoo!* —gritó y giró la cabeza como si lo viera pasar de largo, soltó una carcajada con un aplauso, ahora Jaime estaba rojo como una langosta.

—¿Nairo? —pregunté mirándolo encogido de hombros como estaba.

—Nairo, *like* Nairo Quintana, él sube la loma volando en esa bicicleta, *no true!?* —exclamó y agitó el brazo antes de volver a ponerlo en su cadera. Habla y baila, baila, canta.

—Es porque ando en bicicleta —dice Jaime mirándome a mí—, ¿no sé si es tan raro que alguien viva en la loma y ande siempre en bicicleta? —dijo, entre afirmando y preguntando.

—No, Nairo, no es eso, Nairo —repetía Josephine—, es que tú eres el cachaco que se trajo su bicicleta, y que ariba y abajo, con esos cachetes rosados. —Dibujó unos capullos con los dedos de ambas manos recogidos y se pellizco sus propias mejillas. Solté una carcajada viendo la cara del cachaco, tal vez me haya sonrojado por él también. En ese momento, los dos chiquitos venían dando traspiés por el corredor hacia la entrada. *Maa, maa! Come see, maa!*

—Estábamos sembrando unas semillitas, *uokie, pappa, uokie, pappa!* —Josephine alzó a uno de ellos. El otro me miraba con ojitos brillantes y la boquita entreabierta. Miró a *Maa* y me miró de nuevo, señalándome.

—*Aaay, pappa, yo like Miss Lynton?*

—*May I carry him?* —pregunté, el chiquito extendía los brazos hacia arriba—, ay, Josephine, tú eres una cosa seria, ya vi, *you got us all dazzled!* —dije alzando al niño, de unos tres añitos, pesado, con los cachetes rellenitos como de crema de caramelo y el pelo hacia arriba en largos rizos firmes.

—*Daaaazzzzled! A like di word* —repitió Josephine moviendo la mano libre como hechicera de película, seseando la voz para distraer a su bisnieto en brazos—, *come now, kids, mi jafi go backyard*, díganme qué quieren, ¿cómo seguiste tú, mamita? —dijo mientras nos dio la espalda un momento para ir hacia el banquito al lado de la nevera de gaseosas.

—*Good, Maa Josephine, alright and getting better.*

Me conmovió que supiera que estaba enferma y que recordara cuando la encontré hacía tantos días. Rudy pidió algo de tomar y yo una gaseosa, por si acaso. Mientras le pagamos, seguí cargando al niño. *Tell her mi niem is Aital*, dijo *Maa Josephine. And me deh Alwin, right so?*, dijo la bisabuela sonriendo a perpetuidad. No era un espectro, allí estaba Josephine, girando su tronco grueso de un lado a otro, como un gran árbol en movimiento, con su trenza gruesa y blanca en la frente.

—Okey, pequeño —dije, mientras Aital tocaba mi pelo con una sonrisa que ya tenía casi todos los incisivos completos— *nice to meet you, Aital!*

El cachaco estaba al lado mío mirando al chiquito también, ambos se miraron. Lo tomé de nuevo con la otra mano bajo su bracito y lo puse de pie al lado de su hermano. Idénticos. ¿Cómo sabía Josephine cuál era cuál? «¡Siempre es más que yo creo que sé!, pero es que sus temperamentos son diferentes, *mama, everybody got dem kankara!*».

Nos despedimos de los tres. Josephine me llamó un momento y me dijo: *enjoy your trip, mamma!,* y mientras mandaba a los pequeños hacia el patio se metió la mano en el bolsillo de la falda y me dio un pedazo de su *special sugar cake. For lieta!* Para más tarde, y me guiñó un ojo.

Rudy y yo seguimos hacia el Jardín Botánico por un camino al que llegamos desde el patio de la universidad. Empezamos a subir la pendiente y en unos diez minutos por un camino de tierra llegamos a la recepción. Un grupo de unos diez primíparos nos esperaba para salir. La primera hora del recorrido la pasamos en un leve descenso entre el follaje, muchos de los recuadros de leyenda de los árboles estaban ausentes, así que desafortunadamente todavía no sé cómo se llaman tantas especies que he visto toda mi vida, pero que nunca he podido nombrar. Ah, había una orquídea, elevada de la tierra con el tallo enraizado en el tronco de un árbol. Los nativos la llaman *scared of the earth,* porque así es como se ve, como si le temiera a la tierra, elevada de todas las hierbas; una orquídea endémica, según Rudy, blanca, hermosa, con pétalos como flecos delgados de un color ligeramente más oscuro. Avanzamos más. Rudy no dejaba de preguntarme sobre Josephine, sobre Lynton. Le conté lo poco que sé, inmigrante de origen irlandés que llegó antes de la firma de la Intendencia, casado con una Rebecca Bowie.

—¡Ah! Es que ese es tu otro apellido, ¿Bowie? Eres de los Bowie, ¡los esclavistas! —dijo Rudy en tono de broma.

—Ah, ¿los esclavistas pues? —lo miré alzando una ceja—, bueno, ¿qué más puede ser? Si es eso, es eso...

—Sí, sí, tus abuelos eran los dueños de casi toda la isla —dijo mientras nos apartábamos del grupo de estudiantes.

Se detuvo enseguida a un lado del camino de adoquín, agrietado e invadido por el pasto. Me señaló un árbol de hojas gordas pero diminutas que casi no se distinguían. Las ramas eran palos no muy gruesos, repletos de afiladas espinas.

—¿Ves las hormigas? —enormes y rojas, andaban entre caminitos esquivando los aguijones, por decenas, por cientos—. A este tipo de árbol amarraban a los esclavizados como castigo. Y es irónico que fuera a este árbol precisamente...

Imaginé la escena que Rudy intentaba evocar. Me confunde esa parte del pasado. Tal vez le deba alguna que otra actitud propia a la normalización generacional de la sumisión del esclavizado, de la superioridad del amo. Me he observado; ¿qué habrían sentido quienes podían comprar a una persona y disponer de ella?

¿Qué cosas les habrían dicho a sus hijos y a sus nietos? Me detuve frente a las ramas irregulares y retorcidas que me mostraba Rudy y me dije a mí misma que yo no había comprado a nadie, que a nadie he mandado a pasar la noche amarrado a un palo por contradecirme, que no...

—¿Por qué irónico? Qué cruel que exista un árbol así aquí y que haya sido usado para eso —dije mientras miraba gotas de sangre supurando desde el palo y escuchaba quejidos.

—Pues porque de este árbol los raizales hacen ungüentos para curar heridas.

Me quedé atrás un momento. Rudy siguió avanzando, tal vez para dejarme procesar, aunque sentí que se había ahorrado a propósito algún comentario luego de la contradicción que acababa de exponer, algo se le quedó en la garganta. Suspiré pensando que esas eran las tierras de Lynton, la dote de Rebecca, más bien, y que allí estaba ese árbol. Quién sabe cuánto llevaba ahí de pie y quién sabe lo que ha visto, lo que ha sentido; me acordé de mi abuela, de unas categóricas afirmaciones de que «la esclavitud aquí no era dura», ¿era una esclavitud buena? ¿«Mejor»? Quizá los parámetros del sur de Estados Unidos, de Jamaica, de Brasil y de Haití en sus peores días podrían permitir una afirmación triste como esa. Tomé una foto del palo, un acercamiento de las espinas, así me lo apropié para verlo ahora de nuevo, tantas veces como necesite. Es una ingeniosa ironía, pienso, que a lo más oscuro se le pueda dar la vuelta de esa forma, que lo que más hiere es también lo único que cura.

—Mi abuela no sabía esto, estoy segura, tal vez ni siquiera Rebecca lo supiera —pensé en voz alta alcanzado a Rudy, dando salticos entre las raíces levantadas del camino curvo y en descenso. Las hojas secas se deshacían con las pisadas y la tierra estaba toda cuarteada de sed.

—Seguramente no —respondió Rudy acomodándose sus lentes empañados—, esas cosas no son precisamente el orgullo de la familia, ¿no?

—Algo parecido dijo Josephine, el sufrimiento no es un orgullo cuando es uno el que lo imparte, pero el color sí que lo es…

—¿El color? ¿El blanco? ¡Siempre! —reaccionó Rudy enseguida—. Este es el Caribe, este es el mundo de la plantación, ¿pero por qué lo dices así?

—Supongo que porque mi abuela siempre insistió en que no había afros en mi familia, pero mira mi nariz y mi pelo aquí adelante —le mostré a Rudy con aire de broma—, ¿tú crees que eso es muy inglés? —me miró aguantando una risita; es un tipo tímido.

—El *wash out*, el *shake up di cola'*.

—¿El *wash what*? ¿Así le dicen?

—Sí, sí, tú hoy todavía hablas con las abuelas y muchas prefieren a los hombres más claros para sus hijas y nietas, tal vez es inconsciente, ve a preguntarle a Josephine a ver qué dice —se rio Rudy. *Wash out*. Repetí en voz alta, claro, el blanqueamiento como «limpieza».

—¿¡Y ahora cómo me voy a enterar de mis ancestros negros!?—protesté tratando de bajarle al dramatismo de toda la escena.

—Pues seguro por ahí están, eres *fifty-fifty*, o tres-cuartos, ¿y es eso lo que estás tratando de encontrar?

«¿Fifty-fifty?» Rudy me explicó que así se les dice a los mezclados, «3/4» de algo, como algún ingrediente en una receta todavía sin revolver, «miti-miti», cincuenta-cincuenta. Yo soy como un setenta-treinta, ochenta-veinte, cinco-noventa y cinco.

—Sí, esto aquí es como que ¡tronco de rondón! —exclamó acentuando en el *rondón*.

Me quedé pensando un momento en Sarie Bay, en el *North End*, en los turistas fosforescentes.

—Rudy, ¿sabes qué?, a mí lo que me impresiona es ese contraste, tantas islas en una, ¿me entiendes? Yo nací como en otra parte, entre otras historias —pausa—. Allá del otro lado hay una cantidad de privilegios que en el *South* ni la sombra, no sé si tiene que ver con el color realmente o qué…

Hay tanta gente tan pobre, al margen, también en el norte. Pensé en ellos y en los comerciantes y hoteleros: son como siempre el porcentaje más pequeño, los conocemos, de nombre y apellido. Le dije a Rudy cosas que tal vez delataron mi sensación de culpa, esa culpabilidad que en la ignorancia no existe.

Rudy debía ser al menos mezclado también, por su forma de hablar. Se lo pregunté, sintiéndome cómplice de los prejuicios al caer en la usanza local de preguntar por el origen étnico. Es continental, lo dijo ahogando un suspiro mientras exhalaba las palabras, como para disimular un dolor. No tiene una gota de sangre raizal en sus venas, sus papás lo trajeron de brazos desde un pueblo del Atlántico antes de que cumpliera el primer año. Entonces vi las oportunidades y las decisiones, los marcos de la sociedad y sus ofrecimientos y a una joven pareja de cimarrones abordar un vuelo hacia el barrio ese recién hecho. Pero es que eso es lo que pasa, se detuvo Rudy y sonrió con pesar, para él esta lucha es un propósito de vida, para muchos raizales no.

—Esta lucha… ¿cuál es la lucha, Rudy? —Pensé en mi occre, raizal blanca, raizal, europea, árabe, *wannabe*.

—La autonomía, siempre, hasta el final —dijo con un tono de firmeza moral.

Pensé en los quietos, en los muchos sujetos ciegos, sordos, y mudos, de la Historia oficial, en su bola de deseos repetidos, de angustias legadas por una mano invisible. «Un propósito de vida», decía Rudy, ¿y cuál era mi propósito? ¿Alguien como yo tiene un rol, como si la vida fuera un videojuego? ¿Qué implica no cumplir con ese mandato?

—¿Cuántos raizales hay en la lucha, Rudy, cuántos raizales sienten la necesidad de resistir como raizales? —le boté y el activista se mantuvo imperturbable.

—Los raizales no llegan a ser el treinta y cinco por ciento de la población —dijo con calma, como explicando todo, se me salió un ¡ja!—, exactamente, eso no es una fuerza electoral, el creole se ha perdido y los «cerebros» están fuera del territorio. Aquí hay líderes, viejos, que han logrado cosas, pero necesitan un relevo, que el raizal vuelva y se interese… como tú.

—¿Yo? —pasé saliva asustada—, si yo no sé nada, como te puedes dar cuenta, ni de esta isla ni de mi vida, ni de nada.

Rudy se acomodó los lentes, me soltó una risita burlona.

—Pero aquí estás, caminando por la tierra de tus antepasados y preguntándote qué pitos tocas…

Yo soy raizal, raizal nominal, se me ocurrió, lo dije.

—Y tú no eres raizal y sabes más de mi historia personal que yo misma. Ahí está —dije y lo creo ahora—, supongo que todo esto me interesa porque necesito resolver cosas para mí, por razones más egoístas que altruistas.

—¿Cómo qué, si puedo saber? —preguntó.

Seguíamos andando entre todos los verdes de la tierra, entre el *bush* que decía Juleen que la reclamaba más que el mar. Distinguí el llamado de aquel pajarito que canta con la u, un bienteveo. Pasaban a cada rato los chincherrys planeando con su pecho amarillo y sus alitas en v. Pensé en mis ganas de huir, en los años siguientes de cemento y de gris, en el anonimato liberador, en su cárcel, «pues es que…», comencé divagando, sin saber bien adónde llegaría mi elaboración.

—Mis tatarabuelos heredaron vestigios de la sociedad esclavista, eran personas de su época, cada quien toma lo mejor que su mundo le ofrece, ¿cierto? —Rudy asentía *mjum, ajá*. Sus padres lo hicieron, al salir del pueblo—. Eso acaba moldeando toda una forma de pensar —sí, la sociedad de la plantación y de la contraplantación, interrumpió Rudy, pero yo seguí hablando—, eso se hereda, la forma de tomar decisiones, las consecuencias…

Me sacudí un poco la cabeza, estaba aturdida. Vi entre destellos a las multitudes mexicanas, las isleñas también y hasta el entierro de mis padres, los cirios blancos, las coronas de claveles. Pensé en la diabetes, en el momento en el que quise morirme y en los planes que alcancé a hacer, las cartas que escribí sin saber a quién, mensajes abiertos que me sonaban muy ridículos leídos en voz alta. Le conté a Rudy de mi forma de vida en las ciudades, decisiones, decisiones. Entonces Rudy cedió a la curiosidad con más preguntas directas y quiso saber la razón puntual de mi regreso.

Al tiempo que descubrí con una labor de inteligencia digital que el hombre con el que me hubiera casado estaba en el sudeste asiático con una amante veinte años mayor que yo, y que me engañaba hacía tiempo, la casa, mi único vínculo con Colombia, me hizo regresar a la isla. Está bien, omití la primera parte para evitarle a Rudy el momento incómodo, porque, al final, es la casa lo que me ha traído estas preguntas que nunca tuvieron respuesta en la adolescencia. Ya lo otro no importa tanto, es una consecuencia, tal vez toda mi relación era apenas un recurso al sentirme desprotegida, el recurso de la soledad. Fui así de predecible. Resolver este acertijo es lo importante, urge, ahora que isla, casa y mujer están sombrías y desportilladas.

Seguimos hablando sobre cómo la historia y sus protagonistas terminan moldeando voluntades, cambiando hasta la intimidad de las personas.

Rudy buscó cerrar esta serie de argumentos.

—Hay gente que piensa que le tocaron ciertas cosas por azar en la vida, que ahí no hay ningún misterio. Tú sí no, tú necesitas respuestas más complejas, suena como que para ti ahora no es solo vender tu casa y adiós de nuevo.

—Sí, no, no creo, no sé qué voy a hacer. Tal vez he pensado demasiado, he conocido más, cada día es así como esta conversación, inesperado —solté una risita—. He pensado que este momento histórico me está pidiendo algo a mí, que me reprocharé ciertas cosas en el futuro. De pronto yo estoy tomando decisiones condicionada por herencias de silencio y de disimulo, ¿sabes? Esta isla podría ser, no sé, el mejor ejemplo de convivencia del mundo, si mis ancestros hubieran pensado en perspectiva, y su nieta sería feliz… —Miré hacia el suelo, sintiéndome confundida por mis propias conclusiones. Sí, yo también podría ser el mejor ejemplo, no sé, de plenitud personal, de realización. Y no.

Rudy es un tipo paciente. Me devolví a repetir otra vez lo mismo, pero con otras palabras y cuando acabé por fin disfruté el olor de la época de mango. Mientras avanzamos espantando lagartos azules de entre las hojas, yo no terminaba de rumiar la idea de que el pasado puede dejar de ser condicionante, si se le reconoce, si se le acepta, sin pena ni orgullo por el sufrimiento, también sin vanidad por su buena herencia. No hay mérito personal en eso.

—Sí, cierto, bueno, no me imagino todas esas cosas cómo han sido para ti —dijo Rudy interrumpiéndome, sabía que de todas formas había más tela por cortar—, oye, aquí tus paisanos sufren mucho de diabetes también, ¿sabes?

Para explicármelo, Rudy me habló sobre lo que es el Caribe.

—Una buena definición de los caribeños es que somos un proceso, una repetición inconsciente de los valores de la plantación, de sus ideas de progreso y de sus traumas. En una novela leí una idea interesante, decía que al negro el cañaveral lo mató dos veces. Primero el afro fue esclavizado para producir el azúcar. Siglos después, cuando pasó a ser asalariado, el emancipado devoraba con ansias la sustancia que antes era privilegio del amo. Esa fue su segunda muerte a palo de cañaveral.

Se me derrite la boca pensando en un pastel de calabaza, de limón, en un café cargado, en las adictivas empanadas de plátano, el empalagoso *plantin tart* de los nativos. Gastar el dinero, hombro y espalda, para seguir engordando el bolsillo del terrateniente, morir cegados. Una trampa de la libertad.

Un historiador y activista radical, Eric Williams, líder de la independencia de Trinidad y Tobago y primer presidente de la república, defendió en su juventud la tesis, en contra del rechazo conservador de Oxford, de que la acumulación de capitales en Europa hubiera sido imposible sin el trabajo de los secuestrados en las colonias. En últimas, esa acumulación, sustentada en la sangre de catorce millones de africanos, fue la que hizo posible el advenimiento del capitalismo. Rudy estudió de cerca esta historia, en un viaje de estudios a Trinidad. Es lógico. El capitalismo necesita excedentes y para eso es mejor que la empresa se ahorre los salarios de los trabajadores. Por supuesto, después los monopolios de la producción de azúcar, café y tabaco, necesitaban consumidores también en las colonias, es decir, asalariados.

Prohibición y privilegio, por dinero, después vino la libertad, dirigida por intereses ocultos, narrada en la Historia casi siempre por una voz romántica, una voz de propaganda. Ahora yo veía un trozo más de la trama, una perspectiva distinta a la que se reproduce en muchos currículos mediocres.

Muy estúpidamente, hasta ahora no me imaginé que en otras islas caribeñas como esta, pequeñas, turísticas, hubiera intelectuales con propuestas de resolución de su propio pasado. No, no toda la gente en el Caribe se dedica a fumar y escuchar reggae en la playa o a vender electrodomésticos o cocteles. En esas islas más grandes y estratégicas los proyectos coloniales fueron brutales. Yo tengo mucho que leer, le reitero a Rudy, ni en la universidad leí jamás a un académico del Caribe insular. Horror.

En el punto en el que acabamos el descenso, di una mirada a ciento ochenta grados. El predio parecía enorme, venía desde la vía San Luís hasta ese punto que ahora es el Jardín Botánico; había sido heredado por un nativo, un pariente distante que decidió vender, como muchos, pero por suerte también para mí, está destinado a la conservación. Allí Rudy me contó que la lucha raizal por la autonomía es motivada sobre todo por la pérdida de las tierras, a eso se refería Maynard con la «configuración del teritorio», en un argumento durante el *thinkin'*.

La dolorosa pérdida de la tierra, el silencioso desplazamiento de una comunidad, cuesta abajo por la ladera, una externalidad justificada con el argumento de las ondas naturales de las libertades económicas. Así es, ¿para qué vendieron los nativos? Culpa suya, dirán. Sentí y siento ahora rabia, indignación.

Rudy, a pesar de llevar la camiseta sudada y los jeans chuecos, caminaba con agilidad y no se agitaba al hablar. Se limpió el sudor de la frente con los hombros y se tomó un momento, como organizando ideas.

—Para eso es el estatuto raizal, creo que debes haber escuchado por ahí alguna cosa sobre el estatuto —jamás, le dije—. La lucha viene como reacción a las políticas de homogenización cultural, sí, y de la dinámica de la venta, pero también de los incendios de la notaría y de la intendencia vieja, ¿te acuerdas? Desde ahí muchas tierras terminaron en manos continentales.

Hoy en día, siguió contando, hay muchos juicios de pertenencia sobre tierras que quedaron enredadas luego de que los títulos de propiedad desaparecieron en esos incendios provocados. Los nativos no guardaban copias de los títulos, muchos no los tenían si quiera, porque en la época en la que fueron adquiridos les fueron legados verbalmente, como era la costumbre en las islas.

La mayoría de la población todavía era de nativos, es decir, de familias con arraigo generacional, independientemente de sus orígenes. Después de los incendios, en los años setenta, la agencia nacional de tierras declaró que San Andrés era un territorio baldío, así mismo, confirmó Rudy ante mi grito de asombro, tierra de nadie. Fue otra ocasión para sumar al resentimiento frente a «lo colombiano». Casi todos habían heredado sus propiedades de forma hablada, a la inglesa. Muchos continentales aprovecharon el caos y se hicieron titular terrenos con juicios también, citando a algunos testigos que dijeran que el sitio había sido efectivamente ocupado por ellos durante cierta cantidad de años, y así de fácil era. Encima, hacía décadas la Colombia del siglo conservador había establecido que para poder heredar propiedades había que ser católico. Ya no me imagino a Rebecca bautizada en la *First Baptist Church*, porque, hasta donde supe, con los terrenos de los Bowie no hubo disputas. Ahora hay que encontrar la forma de revertir el efecto negativo de la Intendencia, del Puerto Libre, de la apertura, el estatuto es como un mecanismo de corrección, dijo Rudy.

Pasamos por encima de una enorme raíz, como una aleta alzándose de la tierra, cortando el camino, justo después hicimos una u pronunciada junto a un cerco que marcaba el final de la propiedad. Hasta aquí llegaban las tierras Lynton. Lo quise ver caminando por ahí, tal vez, buscando hierbas, o bichos, el *obiá*. En lo que ya era el camino de regreso a la recepción, Rudy me soltó otra clase de perspectiva histórica.

En un momento sentí fastidio por tantos detalles que ahora claramente no consigo repetirme con claridad. Me dijo que me enviaría varios libros, tesis y artículos, los que me iba citando a medida que hablaba. Le aseguré que leería.

Me habló de la vez en que los raizales bloquearon el aeropuerto. Presté atención porque recuerdo la situación, pero no recuerdo absolutamente nada de los protagonistas. Fue en el 99, un año en el que todos entramos en crisis.

Muchos clientes de mis papás estaban dejando la isla y la cartera de seguros era cada vez más pequeña. Hubo un par de siniestros y mis papás estaban muy ocupados, yo escuchaba historias de un barco que se hundió trayendo mercancía desde Miami, la compañía de seguros se negaba a pagar la indemnización, por sospechas de que el naufragio había sido provocado. Desde esa época ninguna compañía volvió a asegurar embarcaciones en esta ruta, ya conocida por los envíos de coca. Yo preguntaba qué significaban todos los anuncios grandes en las vitrinas de tantos almacenes, «liquidación», «remate total», «liquidación por cierre».

Muchos árabes se fueron adonde estuvieran sus familias, a Panamá, a Maicao, otros directamente al Líbano. Luego en el 2002 hubo otra movilización, que fue cuando se bloqueó la entrada al Magic Garden, al botadero de basura. Samuel, el novio de Juleen, me lo recordó ese día en la playa y ahora volvieron las imágenes de las bolsas de basura acumuladas, como las trincheras de una plaga, a la entrada de almacenes y restaurantes saltaban cucarachas y ratas gordísimas. Pasar por el centro era respirar un aire ácido, podrido. En el colegio nos dieron instrucciones de dejar de sacar la basura y empezamos a clasificarla, a lavar botellas, latas, envolturas, plásticos.

Por esos días fue la primera vez, según recuerdo, que leí una noticia sobre nosotros en un periódico nacional, una editorial sobre el riesgo de que el «jardín mágico» explotara debido a la acumulación de gas metano. Con el tamaño de la explosión la isla se partiría en dos. ¿San Andrés del Norte y San Andrés del Sur? Lo imagino, ¿los pañas se quedarían con el *North End* y los raizales con el *South*? Rudy se rio, de pronto no sería necesario que el congreso aprobara el estatuto para definir el territorio autónomo del pueblo raizal. «Que se queden entonces los turcos con el centro». «Los turcos». Yo no sabía de las acciones de los raizales, ni quiénes eran ni qué pretendían. Mi papá opinaba alguna que otra cosa sobre la destitución del gobernador de apellido Newball, como el primer intendente. Bogotá lo removió del cargo por negarse a desalojar a los manifestantes raizales de la entrada del basurero. El departamento estaba en quiebra y todo el país atravesaba la famosa crisis hipotecaria.

La coyuntura era la adecuada, pero para Bogotá resultaba inadmisible que las voces proautonomía se fortalecieran.

—Bueno, Rudy, he recibido mucha información —torcí los ojos, un poco desesperada—, todo esto lo recuerdo, pero desde mi lado, supongo.

—Sí, yo sé que en el fondo esto lo sabes, sino que lo viviste desde otra perspectiva —contestó, con paciencia.

Mi perspectiva es de ladrillos y cemento, de aire acondicionado, al final, de una forzada imitación de la vida en cualquier otra parte. Con eso me parece que he sido cómplice de algo, de la ignorancia divisoria, que si raizales, que si continentales, que si champes.

En ese punto del camino me estaba mareando de nuevo, empecé a sentir mucho más calor. Me revisé, 76, descendiendo, tenía que parar, tomar la gaseosa o probar el *sugar cake*. Ya debíamos estar al lado de la recepción, dijo Rudy sin nervios.

—¿Te sirve un *sugar mango*, mientras tanto? —preguntó mientras andaba hacia unos montoncitos amarillos en el suelo, alcé la mirada, manteniéndome. *Sugar mango*.

El árbol estaba cargado a reventar con racimos de manguitos verdes, amarillos, y esos más maduros de piel tierna y tonos rojos. Otro fruto de Lynton. Saqué un termo con agua de mi mochila y Rudy lavó dos del tamaño de media palma de mi mano. No sé calcular la glucosa que hay en un *sugar mango*, pero fue suficiente. Mordí la cáscara por la nalga del mango y rasgué; se desgarró tan suave y con tanta pulpa que la mastiqué también, la pasé y me acordé de que comerlo era una tortura con los frenillos. La fruta me provocó un flashback a las veces que con mis padres nos bajábamos del carro y recogíamos baldados del lado de la carretera.

Unos minutos después ya había desmechado el mango hasta la pepa blanca. Me sentí mejor. Me juagué las manos con un poco de agua, destapé la gaseosa y volvimos a caminar, en este punto me sudaba todo el cuerpo, aunque debo decir que me he acostumbrado otra vez a la sensación y no me molesta del todo.

Los pelaos y el guía ya iban adelante, encontramos al grupo para salir y caminar hacia arriba, de nuevo por la carretera del cementerio de *Harmony Hall*.

La calle olía todavía a jobo, las fruticas anaranjadas inundaban la vía al lado del andén angosto. Muchas estaban maduras y completas, otras convertidas por las motos en una plasta negra pegada al pavimento. Pude fijarme mejor en ese grupo de bochincheros, a los pelaos les escuché palabras que no reconocí, *makia, pri, bien makia*, repetían. No había uno solo que pareciera nativo y la distancia generacional ya es innegable. Eran isleños de nacimiento, que crecieron con el español costeño de sus padres. Muchos hubieran caído en la categoría de champes, con una estética y unos modismos en particular. Hace veinte años era imposible ver un grupo así, en el que varios isleños estuvieran juntos en una universidad. Nadie, o casi nadie, llega a la universidad de la mano de otro isleño, no necesariamente por diferencias culturales, sino por el costo de ir al continente. Así era antes de que existiera esta sede aquí, este programa de vinculación.

Aquí los papás de unos y de otros lo venden todo, se sacan las tripas con tal de que los hijos estén en el continente y muchos, incluso raizales, lo hacen anhelando que no vuelvan.

Es triste que ahora no consigo para definir a los de la caminata alguna otra palabra menos cargada que «champe», es vergonzosa la necesidad de resumir a la gente así, según unos sesgados parámetros de referencia. En esa palabra está el rechazo, básicamente, hacia los pueblerinos y los cartageneros, hacia «ciertos» costeños, o más bien, hacia los pobres, hacia todo lo que represente su cultura popular: sus picós de champeta, su vallenato carnestoléndico, su humor, su morbo, su fútbol. Todo eso venía con las empleadas de servicio, con los obreros, con las chanceras y los vendedores de fruta, con las «niñas» que atienden en los almacenes, con los electricistas, con algunos taxistas. La clase trabajadora es el flujo del mundo que vino con el Puerto Libre, que se aisló del resto y se convirtió en sujeto de rechazo. Ahora está en todas partes, hacia arriba en la pirámide social, hacia abajo, a los lados y hasta para adentro de uno, como a mí, que se me salió ese día con Sami el «suave, vale, suave». El gusto de los raizales por el vallenato chillón es conocido, por la champeta, así como por otros ritmos que no tienen nada que ver con el Caribe insular, como la ranchera.

Los padres de familia que tanto se quejan de la influencia antiestética de «esa gente», esa chusma, en la conducta de sus hijos; de la mancha que es su presencia en las playas paradisíacas, de sus peleas en la vía pública; esos son los mismos gerentes, hoteleros y comerciantes que construyeron sus barrios mal planeados, que trajeron en barcos a la gente pobre para emplearla en sus almacenes, en las construcciones, en las cocinas de los hoteles. No, los nativos no trabajan igual que los de esos pueblos, son mucho más orgullosos, resienten la invasión como nadie. Ese gremio de padres ofendidos porque sus hijos ahora hablan golpeao' y oyen champeta, sigue presionando para que el Estado les facilite el ingreso, en contra de las preocupaciones de los nativos por la sobrepoblación de la islita, en contra de las disposiciones de la Occre. Igual, agrega Rudy, una tarjeta de residencia se puede comprar, de diez millones para arriba, pero por un mesero los hoteles no van a pagar esa suma. Muchos solo trabajan como irregulares hasta que alguien los denuncia y los sacan de aquí, como a tantos mototaxistas. Los raizales también se quejan de «esa gente», pero muchos viven cómodamente de lotear sus terrenos para que «los indeseables» improvisen de a poco una vivienda.

Doblamos a la izquierda y dejamos la carretera bajando por un camino angosto, adornado con latas y otros desechos, que se ensancha en una pendiente y desemboca en un claro que da la impresión de ser enorme. Al alzar la mirada, el paisaje es definido con una pared de piedra arañada gris y beige. Abajo se acurruca un charquito verde en una esquina. Ese de ahí es el *gully*, el mítico pantano, «sino que, ajá, son como tres años sin lluvias», dijo Rudy.

El grupo de estudiantes empezó a avanzar hacia la izquierda de la cantera. «De aquí se sacó el material para hacer la avenida Circunvalar, ¿sabías?» No, o si sabía, pues no me acuerdo. Escalamos un par de metros con una cuerda que al inicio no me dio mucha confianza y la bulla entre los mancitos atacados de risa y las peladas aterradas, estuvo llena de frases que no podría repetir si me lo propusiera. Rudy y yo subimos casi de últimos, arriba los chicos se habían dispersado para hacerse selfis y grabar videos con el fondo de ese paisaje despejado, a primera vista relajante con la paleta exuberante del Caribe pero inquietante al detalle.

Desde arriba el único verde parecía ser el del mar. Las copas de árboles de altura media cubrían el segmento entre nosotros y la infinidad con mucho marrón y gris, ganchos de ramitas despobladas, algunos parches de follaje casi tupido y así, hacia todas las direcciones. No más. Los terrenos limpios y quemados para la construcción se regaban también por aquí y por allá.

—Aquí está, esto es más o menos todo lo que queda del bosque seco tropical en San Andrés —todavía calma en la voz de Rudy, a pesar de semejante visión.

Quedé muda, hasta que me emputé. ¿Pero por qué no se hace nada para controlar esto? Maldije un poco más, ¿no hay un *fuckin'* plan de ordenamiento territorial?

—Sí hay —explicó mi guía personal, que parece tener una respuesta a cualquier inquietud—. Lo que no hay es curaduría urbana y en las secretarías hay una mafia con las licencias de construcción, tanto que no importa que se aprueben en zona rural, en donde deberían primar los proyectos agrícolas —Rudy se rio con sarcasmo—. Tampoco importa que cambie el secretario de turno. O sea, los hoteles boutique pueden no ser «hoteles boutique» en el texto de la solicitud, sino «desarrollos turísticos», lo cual está permitido… Así es…

Rudy se sentó y yo lo seguí, negábamos con la cabeza sin poder hacer más. Dije un par de groserías de nuevo, agregando que toda esa maña era un insulto a la inteligencia de cualquier residente. ¿Qué? O sea, ¿a nadie le duele? No, a esos gerentes qué les va a doler un árbol que se cae, y no es que no haya isleños entre ellos.

Ya habiendo dejado la mochila al lado un momento, saqué el monitor de nuevo. Rudy observaba con curiosidad, le expliqué un par de cosas técnicas mientras pasaba la mano por el sensor. Normal, 100, flechita hacia abajo, desciende. Guardé el aparato en el bolsillo y busqué el otro *sugar mango*. Con tanta información a veces siento que el cerebro me va a explotar como crispeta, le dije. «Así nos pasa a todos, mujer», dijo Rudy. Se levantó y se sacudió la tierra de las manos en el pantalón, se estiró hacia arriba, «volver al Caribe es vivir toda una crisis espiritual».

Haciendo muecas con la lengua a causa de las hilachas otra vez, seguí la mirada de Rudy hacia el bosque reseco, esperando ver lo que él veía.

—Tú te has dedicado a estudiar esto, Rudy —escupí la cáscara a un lado, como él—, a mí apenas ahora me viene a intrigar el hecho de venir de este lugar que alguna vez di por conocido, qué ridícula.

Como quince minutos después ya el guía estaba llamándonos para empezar un descenso, también con cuerdas, para el último tramo del camino. Pronto debía comer algo más grandecito de todas formas, le dije a Rudy, pero valía la pena tener paciencia y entretener a la sangre de a poquitos.

Iba pensando en eso de la crisis espiritual cuando noté que de ahí en adelante el camino estaba lleno de chatarra. Entre el follaje o a lo largo del caminito de tierra, vi dos inodoros bocabajo, el estómago de una lavadora, varios televisores viejos, antenas satelitales como la mía y muchos pedazos de lata ya despojados de toda identidad. Cómo llegaron esas cosas ahí no me lo explico, no vi caminos tan grandes como para que un carro descargara ese tipo de desechos, ¿en moto? ¿En serio, mi gente? Quién habría puesto el culo en esos inodoros, por qué no los botó en el patio de su casa, todo eso y más le pregunté a Rudy que solo se reía, resignado por un tema de fondo muy difícil de abordar, según él.

Terminamos el recorrido en la Laguna, en *Big Pond*. La Laguna no está en ningún tour todo-incluido, los turistas no la han invadido propiamente como a los cayos y playas, los dos quioscos rastas están abiertos como siempre y a esa hora apenas llegaban un par de larguiruchas rubias a ver al viejo serio de largos dreadlocks provocando a las babillas con migajas de pan. En una bocanada aspiré un terroso olor a marihuana. Rudy y yo subimos por un camino todavía de tierra, cubierto de pequeñas semillas duras, mitad rojas y mitad negras. Recogí varios cogollos marrones repletos y me transporté otra vez a la infancia y a las maracas hechas en las clases de manualidades. Estábamos ya incendiados, yo particularmente con la cabeza al borde. Con varios manojitos en los bolsillos, llegamos a la carretera y subimos al bus vacío que, mágicamente, pasó enseguida, para regresar rápido a recoger la moto en el Gough.

Cuando me senté y el bus arrancó, sentí alivio por la brisa y por la vista hacia la infinita línea al Este, con ese parche enorme de verde cristal, iluminado hasta la ceguera por el sol de mediodía. Rudy iba en la silla de adelante, ladeado para no darme la espalda. Los quejidos exagerados de las latas no persuadían al conductor a desacelerar, los reductores de velocidad lo tuvieron sin cuidado. Íbamos saltando y aturdidos por el volumen del radio, que pasó durante todo el trayecto una franja publicitaria que es igual desde mis días de colegio. Distribuidora tal, importadora tal, rancho y licores, droguerías, restaurantes. Aunque, en contraste con el pasado, escuché varios mensajes en creole. Pura emisora de pueblo, pensé. Esa es también una máquina del tiempo que me remite a la isla en la que yo viví siempre, una isla que tenía apenas unos superficiales tres kilómetros cuadrados, «¡y eso!», apunté a Rudy después de imitar el acento tonto de la cuña para un almacén de telas.

Aunque exista un abismo figurado entre tantas islas distintas, la del Sur, la del West, la del Club, la del *bush*; aunque sus personalidades parezcan irreconciliables, la grieta se empezó a zanjar en un mismo punto de la flecha del tiempo, cuando la puerta abierta de la ingenuidad fue violada por el exceso.

Ese sonajero de bus en el que íbamos, pienso ahora, probablemente acabará por convertirse en una referencia topográfica para las futuras generaciones, así como lo ha sido para mí el *School Bus* gringo que está tirado después de la entrada al *Gully*.

Daremos direcciones con relación a su sitio de descanso final, imagino, será eterno para muchos y por lo tanto será difícil cuestionar su existencia. Lo que nos parece natural es muy difícil de remover, como la necesidad del comercio ordinario, como la crisis de un hospital en el que no hay ni gasas, donde las placentas y los miembros amputados se pudren al aire libre. Eso ya nos resulta normal. La imposibilidad de nacer, o de morir en paz, en San Andrés y en Providencia ya es un hecho común, como la mierda cruda sin tratamiento, vomitada a razón de veinte piscinas olímpicas por día a través de un tubo a menos de un kilómetro de la costa.

Tras un rato doblamos la esquina y, otra vez, el mar, la tiendita con sus gemelitos, y Lynton atrás.

—Como es adentro es afuera, destartalado, vuelto nada —dije al viento bajándome del bus, a modo de conclusión.

Cruzamos la entrada de la universidad, ya desierta a esa hora, salvo por una gallina que merodeaba con su cola larga de pollitos multicolores. Rudy se secó la frente con una manga y buscó en el pantalón las llaves de la moto.

—¿Tú crees en las coincidencias? —me preguntó de repente Rudy con un tono de travesura, se quitó las gafas con un gesto un poco dramático y se las limpió con la camiseta. Sin los lentes, los ojos se le veían más pequeños, achinados, hundidos en la piel de cobre.

—¿Por qué me lo preguntas? —Rudy se subió a la moto y encendió el motor, yo me subí detrás, acomodé la mochila y me arreglé el pelo y la gorra mojada del sudor.

—Porque… —bajó la voz y esperó a que hubiéramos salido de la universidad hacia la carretera— yo te tengo una respuesta, o bueno, una parte —lo vi sonreír por el retrovisor, se lo tuvo guardado durante todo el camino—. Tengo el testamento de tu tátara-tátara-tatarabuelo, el esclavizador Torquel Bowie —cantó—. Creo que vas a entender muchas cosas cuando lo leas.

# VI. LOS PAPELES DEL TIEMPO

La convención general es que en el papel late el corazón de toda memoria. Aunque de alguna forma tengamos la sensación de que entre los comentarios omitidos haya más verdad que en los registros formales, mis contratos de arrendamiento, mis títulos de propiedad y mis pólizas de seguros, incluso mis obligaciones bancarias, todo lo que me pertenece, desparecería legalmente si careciera de soporte físico, si no existiera materialmente algo que lo determinara. Aquí hay algo mío, algo de 1836, firmado de puño y letra por alguien que vivió siempre entre mis sombras, que seguro me ha hablado sin identificarse, a través de las conductas de mi abuela, de su madre, de su madre y de su madre.

Menos de una hora después de despedirme de Rudy, llegó a mi correo la versión escaneada del viejo documento en el que algunas partes son ilegibles. Tiene un sello de timbre nacional pagado por tres pesos en la esquina superior izquierda.

★

*En el Nombre de Dios Nuestro Señor, Amen.*

*Yo Torquato Bowie, Vecino y hacendado de la Isla de San Andrés hallándome en mi sano juicio y memoria Gracias a Nuestro Señor, hago y ordeno esta mi última Voluntad y Testamento del modo y forma siguiente: Primeramente Recomiendo mi alma al Todopoderoso que lo crió. Segundo Que mi cuerpo sea enterado con decencia a discreción de mis Albaceas, y que todas mis deudas legales sean satisfechas.*

Leo y releo desde la cama, casi en la penumbra. Repaso hasta los errores de transcripción. Mientras tanto, mastico el trozo que me queda de la galleta verde dulce, coco y canela. Una cigarra y el abanico perezoso son lo único que se oye por ahora, y un motor ronroneando, muy muy lejos.

*Tercero: Respecto a los bienes con que Nuestro Señor se ha servido bendecirme en este mundo dispongo del modo que sigue: Doy y orden sean dado a mi muy amado nieto james duncan dowie los esclavos siguientes, a saber, Dick (alias) Richard Bowie, Cambridge, Pleto y Francisco, como así mismo unos pedazos de tierra o terrenos situados Quazy en el centro de la ysla conocidos generalmente bajo los preparados y distintos nombres de shingle hill, Sargeant Ground, y Coco Plum Bay con todas las casas situadas en ellos. Doy y ordeno sea dado a mi amado nieto Torquato Bowie los esclavos siguientes: Heny, Little Jim, Judy, Deptford y Charlie, y un pedazo de tierra conocido bajo el nombre de Lions Hill. Doy y ordeno sea dado a mi amado nieto Richard Tunner Bowie los esclavos siguientes: Golo, Roys, Dummorea, Serphin, y Rodney e igualmente un pedaso de tierra situado en el extremo sur de la Ysla y es conocido bajo el nombre de Cay Bay. Doy y ordeno a mi amada nieta Henrietta McKeten Bowie los esclavos siguientes: Dick, Titus, Lunar y Andress, doy y ordeno sea dado a mi muy amada nieta Arabella McNiel Bowie los esclavos siguientes: Hannibal, Pheby, Abram, Arabella y Darley. Doy o ordeno sea dado a mi amada nieta Mary Ann Bowie los esclavos siguientes: Jack, Duffice, Fejsy, William Moor y Harriet. Doy y ordeno sea dado a mi muy amada nieta Lousa Elizabeth Bowie los esclavos siguientes: Victoria, Jack, Thomas, Lucinda, Rebecca, Charles y Lettice. Doy y ordeno sea dado a Robert Archbol Bowie los esclavos siguientes: Jack McKeller, Lawrence, y Mongolo May. Doy y mando sea dada a mis amadas nietas en partes iguales mis tierras en la Ysla de vieja Providencia conocida bajo el nombre de Fresh Water Bay.*

Hay datos de las autoridades de la época, nombres, títulos que no me importan…

*…en cuyo testimonio así lo firmo y signo en presencia de la primera autoridad del Canton y el infrascrito Secretario que también firman conmigo en la Ysla de San Andrés a los veinte días del mes de Abril del año de nuestro señor de mil ochocientos treinta y seis.*

En uno de los salones de un museo alguna vez vi un documento del siglo XVI en el que aparecía en un esquema cómo se debían almacenar propiamente a los esclavos en la bodega inferior de un barco. *Plan of lower deck with the stowage of 292 slaves. 130 of these being stowed under the shelves.* El plano de la cubierta inferior mostraba los muñequitos amontonados coloreados de café, rodeando la forma del barco. Mercancías, bienes, propiedades. Se mostraba cuántos podían caber entre fila y fila y en los demás compartimientos. Así llegaron mis esclavos a las islas. «Mis esclavos». Y sus hombros y sus manos son los que edificaron a la larga mis privilegios.

*Rolar, prender, calar.*
*Exhalar.*

Aparto el computador.

Me viene entrando el festejo del *sugar cake;* una escena compuesta por un túnel sinuoso, una furiosa oscilación me hace flotar y me arroja en el fractal de un caballito de mar, otro más grande, más pequeño, más grande, más pequeño, hipocampos multicolores, «aquí la esclavitud no fue así, no fue tan cruel», ¿es la voz de una Rebecca? Las madres no son de papel, son de manojos de recuerdos, imposibles de verificar. Entonces soy el aliento de un fiscal que viaja en las manecillas de un reloj, para atrás hasta ver un claro. «¿Y quién fue su padre, y quién fue su madre?». La mano distante que sella el papel. Hay en una fiesta un Dick, un Deptford, un alias Richard Bowie, y música de mandolinas. Estamos subidos manos y pies en blanco y negro pegados a una palmera, al fractal de la palmera, volamos a la siguiente palmera y bajamos coco, cargando costales sin parar, sudando mares y ríos, descargando en una goleta, en el fractal de una goleta, que arranca hacia el horizonte y desaparece, vuelve, vuelven los costales vacíos a llenarse. Y Rudy, su cara y sus párpados reposados aparecen gigantes y suena la voz que mece, que dice que del mismo palo que tortura sale el remedio. Suenan un riff de mandolina que se repite y el golpe de quijada de un caballo, veo el camino por el jardín, los manguitos y muchos *bread fruit* de muerto, una enorme montaña verde brillante como su cáscara, hecha de piezas que encajan perfectamente, cada esquina, cada ángulo de los hexágonos, los estudio y me llenan, me absorben completa entre la pulpa lechosa y el corazón, donde escucho el beat de un bajo artesanal hecho con una ponchera metálica bocabajo, un *bass tub.*

El corazón se me acelera con ese ritmo, estoy en una plantación, miles de cocoteros, voy patinando por las curvas del tronco rugoso de la palma y caigo al agua. Nado, nado por el vientre dulce del caballito, siento helada la corriente que me embriaga sin ahogarme y salgo a orillas de la laguna. Voy levitando desnuda y voy en silencio, como un fantasma, que nadie me vea, o no entenderán qué soy ni de dónde vengo. Aparece el bus, destartalado como toda fabricación de fuera, pero hay un Charlie, una Dummorea, un Serphin. Y están sus caras, de narices anchas, cabellos tupidos, ojos misteriosos, bocas apretadas, sus corazones están tristes. Cómo bailan para alegrarse, cómo bailan y flotan sus cuerpos ahora, convertidos en haces de luz. Bailo yo en el pasado, en otro universo al que visito con esta magia que la mano de *Maa* le pone al pan de azúcar, una magia que condensa el tiempo para poder tocarlo. En este cuarto veo las caras que vi cuando crecí, la de Juleen, también esas caras curiosas de los vecinos suecos expulsados por la oficina de control, salto, salto sin moverme un centímetro más, a la vuelta a la isla, voy subiendo por la loma del Cove, siempre viendo desde la ventana, la ventana a veces arriba, a veces abajo. Me escudriña, también me busca, me mira, me toca con sus miles de ojos la gente de esas caras en las que encuentro mi quijada y mis caderas que se mecen, la sangre que se me revuelve, una Judy, una Heny y un torrente de recuerdos ajenos, un puerto en la costa caliente de aquel lado del mar, un mar terrible que trae muerte y esperanza y dolores de parto. Una ráfaga me carga y me detiene de repente en un giro de este laberinto que me fascina, la brisa me empuja a los cementerios, siento encierro y tiemblo dentro de una tumba, donde hay una isla pequeña, una islita más pequeña, y otra más pequeñita, salto a ella, saltamos y se expande hasta el infinito, ¿quiénes me habitan, quién me llama? ¡Gyal! ¿Qué son estos azares? ¿Es el azúcar? No sé si hablo en voz alta, o si estoy muda, si la garganta me duele porque nunca la he usado o si es que acabo de gritar más duro que nunca. ¡Crack!, Jerry está jugando, ahí está como en la foto, pero sonríe y me guiña el ojo. *Raaf, ruuum, croooch*, escucho protestas y reproches, la música se detiene, los músculos se vencen, los ojos se cierran… el tiempo, la flecha, la cárcel, el cocido que es el tiempo, un pastel de *Mission Hill* y de *Likle Gough* y de *Bowie Gully*. Un rayo anuncia un trueno, caigo, cayendo…

## VII. *NORTH END*

Estamos a inicios de noviembre y la isla parece que se fuera a reventar de rubios altos y ojiazules. Las visitas a la playa del *North End* son como un intercambio cultural, he guardado teléfonos con indicativos que hasta ahora no conocía: +90, +42, +45, +46.

Hace unas semanas me saludó en el mar un noruego que viajaba solo, tenía un nombre inicialmente impronunciable que traducía «dios del viento». Luego de todos sus viajes por Latinoamérica había optado por presentarse como «Kevin», lo más parecido fonéticamente. Era psiquiatra y había estudiado algo sobre la aparición de la demencia como síntoma de una sociedad enferma. Hablaba perfectamente portugués e inglés y un español con un marcado acento ibérico. De muy buena gana me convertí en guía del rubio de vainilla, fuimos a dar la vuelta a la isla en su scooter alquilada y le compré empanadas de cangrejo en *Sound Bay*. Se hospedaba en mi barrio, en unos apartamentos que muy seguramente no están registrados en la secretaría de turismo. Resultó muy conveniente, a pesar de que solo hasta el último día de su visita me enteré de que el dios del trueno besa con una delicadeza difícil de imaginar teniendo esa voz tan profunda, ese cuerpo tan alto y bien estructurado. Nunca había besado a alguien tan… caucásico. Después del primero de esos besos, a la mañana siguiente en la sala de mi casa, poco a poco, el noruego dejó salir un espíritu dominante que me llevó, entre sutiles juegos con su lengua, a empujones apretados y frases sugestivas. Hubiera pasado mucho más, pero su vuelo salía en una hora y ninguno de los dos quiso apresurar algo tan explosivo.

Fantaseé con el dios nórdico algunas noches. Pasaron unos días hasta que en el supermercado conocí a un alemán que hacía su primer viaje a Latinoamérica. También viajaba solo. Con él, tras unos días de salidas al mar, a cenar, se me acabó la prudencia y decidí devorarlo vivo. ¿Y el tipo del pasado, el del engaño? No existe. Había olvidado el significado y la importancia vital del buen sexo. Ahora empecé a pensar en Europa, la metrópoli, el imaginario idealizado de nosotros, los colonizados. Pienso en la claridad de esos dos hombres, en su conversación argumentada y en la ternura que hay detrás de esa desenfrenada dominación. En estas noches, en estos días con el hombre alemán hubo ese tinte de vulnerabilidad que hay en los buenos encuentros. Y lágrimas. El placer viene con fluidos, los mejores orgasmos también con lágrimas, capaces de derretir la más fría naturaleza. Nos asombramos por encontrarnos, el viernes que nos despedimos nos reímos en un beso largo, hirviendo en una nube repleta de hormonas. Esta mañana recibí mensajes suyos y fantaseo aún, incurable. Pienso que ese es uno de los efectos del exotismo del Caribe, las tormentas repentinas, el gusto de recibirlas, el enamoramiento como arte reaccionario a la monotonía.

Hoy, luego de esas semanas de confiar en la coincidencia casual, decidí salir a visitar la única biblioteca que hay en la isla. Llegué al centro en un mototaxi que costó trabajo conseguir en la esquina de mi casa, discutí con el man y todo, porque quería cobrarme el doble. Subí las escaleras del edificio blanco y me encuentro ahora en un salón que es más pequeño que el primer piso de mi casa, repleto de cajas boquiabiertas, un par de mesas rectangulares y estantes desordenados. Un par de niños revolotea de aquí para allá, gritando. «Estamos aquí de paso, por la mañana hay más silencio», se disculpa la señora de la recepción. La mujer es delgada y del color de la nuez, me atiende personalmente hablándome de usted en un español sin asomo de acentos, tiene pecas, ojos saltones y el cabello grueso alisado, de color rubio oscuro natural. Pregunto por libros de Historia del archipiélago, articulando palabras con la imagen del alemán de fondo en la pantalla de mi mente. Me saca una pila de libros, «¿lees en inglés?», pregunta y trae ahora una columna entera. Me avisa que cuando llegue la gerente le pedirá permiso para sacar unos libros guardados en su oficina.

Quiero sumergirme en el Archipiélago, satisfacer el hambre por entender a estos ruidosos huéspedes de mi interior. Quiero los árboles genealógicos, buscaré las grandes ramas de los primeros pobladores a ver si construyo una relación directa entre mis delirios y la improbable cadena de eventos que me trajo de regreso a esta orilla, a sentarme en esta silla. Entre todos estos papeles de la Historia tal vez consiga armar algo como esa montaña perfecta de cáscara de *bread fruit* que vi alguna vez, el lego de una serie compleja de reglas y disposiciones ajenas a las voluntades individuales, que acabaron por parirme a mí, siglos después.

Desde los años 1600, como dice la salsa, ha corrido mucha agua debajo del puente. Debí haber empezado en mi primer año de universidad, o sea hace quince años, para digerir la cantidad de datos. Está bien, exagero. Tengo encendido el mismo *vibe* de la fiesta onírica de aquella noche, en la que pasó la inexplicable situación de volar a lo largo y ancho de al menos trescientos años, cuando me vi bailando a blanco y negro y bajando coco. La realidad me parece cada vez más incierta, indeterminada, maleable. Entre estas páginas destajo a capas la Historia colombiana contada desde la cordillera andina, fría, criolla, elitista. Desde esta mesa rayada por niños que son como fui yo, me muevo hacia un pedazo desconocido del siglo xv, el que nos sitúa en mapas sobre escritorios en el anhelado viejo continente.

Luego del *Mayflower*, el barco que llegó a Plymouth Rock y sobre el que se edificaron las prósperas trece colonias americanas, en 1633 zarpó del puerto de Bristol el *Seaflower*. Su rumbo era nada menos que Old Providence. Era el plan de la corona británica que se fundara desde esa isla, digna de muchas otras fantasías, un punto estratégico para desarrollar el proyecto económico de Occidente, como dice un historiador inglés de apellido Parsons. Estamos hablando del *Western Design*. El diseño occidental, el plan sobre el que se edificaron la modernidad y el capitalismo globalizado, con sus ficciones y sus crisis, creció a partir de la idea de un monarca de aprovechar al continente recién descubierto para la extracción de materias primas. La organización de esa empresa pasó por este lado, incluyó estas coordenadas, objeto de tantas ambiciones hasta el día de hoy. Esta fase de la historia es por supuesto posterior a la presencia de los indígenas misquitos, los indígenas navegantes de la costa hacia el occidente, que venían a extraer el cedro para sus embarcaciones y a cazar tortugas.

Henrietta, el primer nombre colonial para la isla de San Andrés, no era benévola para establecerse ni para fundar una colonia. Las playas largas, las pocas ensenadas y las aguas llanas repletas de arrecifes la hacían indefendible, terreno fácil para cualquier desembarco sorpresa, o para los naufragios, por eso la montañosa Providence reunía toda la atención de los colonizadores, por sus arroyos y sus bahías pronunciadas. La isla hermana fue el hogar de los primeros quinientos hombres y cuarenta mujeres, familias de puritanos ingleses que, por cierto, no trajeron esclavos consigo.

Providence fue visitada años después y frecuentemente por los holandeses, dueños de los barcos negreros y protagonistas del comercio de esclavos en el Caribe. La corona holandesa quiso comprar la isla en algún momento y abrió una oferta por setenta mil libras, pero Inglaterra la declinó, solo para perder el dominio un tiempo después. Empezaron a llegar los primeros esclavizados, a lo más recóndito para un hombre o una mujer de la espesura africana. La esclavitud no fue una novedad del siglo xv ni tampoco un invento europeo. El trabajo forzado quién sabe desde cuándo existe, los árabes compraban esclavos africanos hacía mucho y los clanes y tribus comerciaban con sus enemigos secuestrados también de tiempo atrás. La novedad fue edificar el tremendo proyecto colonial de los recién constituidos imperios europeos a punta de este sistema.

Sigo escaneando las páginas, atenta a que salten de entre las letras mis propios ancestros.

Cuando los piratas empezaron a invadir los mares un par de años después de la primera colonia, se construyó el Fuerte Warwick que, junto con New Westminster, el centro de Old Providence, sería tomado y retomado muchas veces en la larga disputa entre ingleses y españoles por el dominio del Caribe. Hubo problemas logísticos. Se necesitaba mucha gente para poder poblar todas las colonias, los insumos y los nuevos colonos debían ser enviados por la corona británica desde Massachusetts, cosa que resultaba siempre bastante demorada.

Los españoles aparecen en escena al fin en 1641 cuando toman Providence por primera vez. Para ese entonces, según el registro que dejaron, había 381 esclavos, los que no habían conseguido escapar en una reciente revuelta de negros en 1638. Los nuevos ocupantes encontraron además a 400 ingleses; los hombres fueron expulsados como prisioneros a España, y las mujeres y los niños embarcados hacia Inglaterra. Un capitán inglés llegó apenas unas semanas después de la toma con los insumos que había pedido la colonia años atrás, pero tuvo que devolverse con las mismas cuando encontró a los españoles ocupando New Westminster. En el 55 la humillación de perder Old Providence llevó a los ingleses a una retoma luego de haber consolidado la colonia en Jamaica, desde la que sería mucho más fácil abastecer a la isla. Y es en este momento, muy breve, que aparece Henry Morgan, de quien yo solo sabía que había escondido un tesoro en la famosa Cueva de Morgan, la que hoy se vende como atracción turística en todos los tours.

Los piratas son anárquicos por definición. Las islas que dominaban tenían su propia ley y eran campos de diversión y de estrategia para el siguiente asalto. Como es bien sabido, obtenían permisos para hacer diligencias que hubieran hecho quedar mal parada a la Armada de cualquier imperio, eran utilizados por los monarcas para debilitar las rutas de navegación enemigas. En los episodios protagonizados por Morgan, el Imperio Británico estaba interesado en interrumpir las rutas españolas que pasaban por el Este de Henrietta y Providence. Sir Henry Morgan se inmortalizó con la ejecución de un arriesgado plan, que constituiría el primer asalto a un puerto y no a otra embarcación, el mítico asalto a Portobelo, en Panamá, el sitio en el que los galeones españoles cargaban el oro y la plata del virreinato peruano, extraídos por miles de rotas costillas negras.

Como todas, esta fue una época de gran inestabilidad. Aparte de invertir en el plan imperial, en Inglaterra se estaba fundando la República de la Commonwealth sobre la cabeza decapitada del rey Carlos I y Henry Morgan llegó a ser consultado por Oliver Cromwell sobre los sitios clave para el dominio del Caribe: Maracaibo, Habana, Veracruz, Portobelo y Old Providence. Sin Providencia en el mapa, por ejemplo, Morgan no hubiera tenido dónde planear el golpe en 1670. Cuando atracó sus barcos en la isla, nadie entre los 450 españoles raquíticos tuvo ánimo de oponer resistencia al desembarco y la toma del fuerte. La gente llevaba años sin comida ni municiones, a pesar de desesperadas solicitudes a Cartagena. La corona británica solo se retiró definitivamente de este Caribe cuando perdió las doce colonias tras la Revolución Americana de 1774.

El Tratado de paz de Versalles de 1783 reconoció la fundación de los Estados Unidos de América. Tres años más tarde la corona tramitó la Convención para la evacuación de la Mosquitia, que incluía la retirada definitiva de estas islas. Desde entonces aquí se ha añorado a la corona británica como algo glorioso. A lo mejor esa gloria se debe apenas a que la corona reconoció la importancia estratégica de un paraje aunque fuera ingobernable, a que el archipiélago fue en algún punto de la Historia el objeto de grandes sueños. En la labor de desocupar el área, los británicos embarcaron a algunos colonos hacia Jamaica y a otros para la fundación de la isla New Providence, en las Bahamas. Me imagino a familias aburridas de tanta movida, con tierras y cultivos. Esos fueron los que solicitaron a la corona española el permiso de estadía, prometiendo lealtad. Inicialmente la propuesta fue rechazada, leo y sigo pistas, pero luego aparece el lugarteniente Tomás O'Neille en el barco que venía de Cartagena con el objetivo de expulsarlos a todos. Fue O'Neille quien acabó ayudando a los colonos a tramitar una segunda petición en 1789, a la que le agregó las promesas de conversión al catolicismo y la suspensión del comercio con Jamaica.

Tres años después llegó la respuesta positiva del rey Carlos IV, que incluía, y lo leo con fascinación, el primer período de puerto libre que tuvo este archipiélago. New Westminster fue rebautizada por los españoles como Santa Isabel, como se le conoce todavía al centro de Providencia, para dejar atrás la relación con el centro del gobierno británico.

O'Neille era tan mezclado como los caribeños. Irlandés de nacimiento, como los antepasados de Jeremiah y los míos, era católico y también isleño, criado en las Islas Canarias. No recuerdo haber aprendido nada sobre él, aunque el nombre me resulte familiar. Fue el primer gobernador de Providencia hasta 1810, algo así como un dictador benevolente, dice el historiador inglés. El irlandés solo suspendió ese encargo por unos años cuando fue llamado a la Capitanía de Guatemala.

Sigo leyendo, la atención totalmente unificada.

Cuando O'Neill fue requerido en la Capitanía, delegó sus funciones a… a Don Torquato Bowie. Dueño de títulos de propiedad sobre *Southwest Bay*, de varios prósperos cultivos de algodón en San Andrés, y amo de muchos esclavos, Don Torquato era uno de los prominentes habitantes de Providencia.

Me recorre un calorcito. Ahí están los asistentes a la fiesta, al conjuro de *Maa*. Estas páginas me atrapan.

Bueno, muchos esclavos eran dieciséis. Un Federico Lever tenía cincuenta pero no recayó en él la responsabilidad sobre la isla. Cada esclavo valía entonces más o menos ciento doce pesos y, como para tener una proporción, una cabeza de ganado valía casi nueve. Seguro años más adelante, cuando apareciera Livingston, el abuelo no los iba a soltar así de fácil.

En este libro sobre la Historia de Providencia en el siglo XVIII no hay —ni en el libro sobre el archipiélago hasta 1901— algún dato que indique que Torquato fue el primer Bowie en llegar a las islas.Y a ese tengo que llegar de alguna manera. Más adelante, Torquato, al que conocí por el testamento, hizo parte del cabildo que en 1822 firmó a favor del reconocimiento de la Constitución de Cúcuta, cabildo que adhiere San Andrés y Providencia a la Nueva Granada. Mi antepasado a favor del continente, de la airosa república libertada por Bolívar en una espectacular campaña. En parte la adhesión a la nueva república fue por las diligencias en esta zona de un corsario francés, Louis Michel Aury. Otro pirata.

Me detengo un momento y alzo la mirada del libro. Los dos niños siguen jugando tendidos en un plástico con forma de piezas de rompecabezas. Sigo aquí, en el siglo XXI, pero estos episodios tocan fibras, me abren puertas, los recorro volada y los voy cociendo a mi propia reconstrucción de memoria.

Francia había favorecido la campaña de independencia de Simón Bolívar para el debilitamiento de España. Europa estaba entonces ocupada, en guerra como siempre, España estaba convertida por Napoleón Bonaparte en sección del Primer Imperio Francés. El corsario Aury, simpatizante de los intereses revolucionarios franceses, había dado muchas vueltas en el Caribe en pleno alumbramiento de las repúblicas modernas, cuando Haití se había independizado de Francia y María Antonieta y Luis xv habían pasado por la guillotina.

Louis Michel fue una figura de cierta importancia después de la Batalla de Boyacá, con el intento de reconquista en 1815. Cuando Pablo Morillo, «el pacificador», inició el famoso sitio a Cartagena, Aury venía de ser expulsado de Estados Unidos por piratería. Había salido con tres embarcaciones desde la Isla Amelia, pero cuando apareció en Cartagena tenía a trece embarcaciones bajo su mando. Había asumido la misión de evacuar a dos mil personas del fuerte, pero fracasó por el mal tiempo y aunque uno de sus capitanes logró evacuar al gobernador, acabó robándolo y huyendo hacia Providencia con el botín. Cuando Aury llegó a Haití al año siguiente, donde se encontraba exiliado el libertador, Bolívar por supuesto no lo recibió de buena gana. La oposición del francés a la estrategia de Bolívar le ganó su enemistad hasta su muerte en 1821 y, según algunos, también la omisión de su figura en las páginas de la Historia de Colombia, aunque haya sido crucial para que en las islas sonara la idea de la adhesión a la Nueva Granada. Aury murió en Providencia, adonde había regresado con su amigo, el joven geógrafo Agustín Codazzi. Hoy en día se sabe del azote de un huracán que duró doce días y que destruyó todas las edificaciones de la isla en 1818, gracias a las memorias del italiano. Fue en las embarcaciones de Aury en las que Codazzi realizó el trazado de mapas de la época.

Me desclavo del libro por un momento, me interrumpe una mujer que lleva un cabello corto canoso muy chic, es la directora de la biblioteca. La mujer de la entrada le había comentado de mi búsqueda, sacó un libro que tiene la apariencia superflua de un cuaderno de primaria. Es un libro con los árboles genealógicos de los cuatro apellidos más representativos de Providencia, el resultado de un investigador local, J. Cordell Robinson. No hay muchas copias y como no hay sistema para controlar su circulación, el libro está guardado en uno de los cuartos cerrados al público, me cuenta la señora. Trae otros más que dice que me pueden interesar.

Sigo un momento con la historia del francés, hasta que es enterrado en el Fuerte Warwick en Providencia. «Ah, la isla más amada por los piratas, por Aury», dice la mujer de la biblioteca, al parecer no hay un consenso real sobre su papel en la Historia de la anexión a Colombia. Aury habría sido enterrado con un tesoro, la tumba fue saqueada hace muy poco. Ha habido muchas versiones, varios vecinos que no han querido formalizar su testimonio frente a las autoridades, seguro por temor a desquites de los responsables, dicen que vieron monedas antiguas, joyas e incluso se habla de dos espadas de plata. Un informe ministerial niega la posibilidad de que efectivamente hubiera habido una tumba en la zona de la excavación, irregular como sea, en un sitio arqueológico como ese, pero, según el chisme, los restos de Aury fueron tirados al mar al frente del fuerte. Dicen que se sabe de nombre y apellido quiénes fueron los cazadores de tesoros que habrían venido con equipos de detección de metales. La mujer me lo cuenta con un dejo de imparcialidad. Las historias así no son nuevas, pienso. Muchos han buceado en la Cueva de Morgan e incluso ha habido muertos. Nunca se sabrá con claridad, como tantas cosas, le digo a la mujer señalándole el libro que me trajo, porque lo imagino tan repleto de datos como de omisiones.

Ahora sí abro el siguiente material, agradecimientos, introducción, etcétera. Y voy por los Archbold, los Taylor, los Francis y los Robinson y no veo a nadie. Salto. Salto, salto, salto. Nadie.

Aquí. REBECCA BOWIE. ¡Ahí! Ruido, voces. ¿Y su madre? Me devuelvo hacia arriba entre las líneas ya repletas de otros apellidos, May, Faquaire, Serrano, Martínez. Volteo hojas y hojas de regreso, y ahí está:

—*ARNAT ROBINSON & JAMES DUNCAN BOWIE JR.*

　　—*VIOLET BOWIE*

　　—*REBECCA BOWIE*

　　　　*(WITH JEREMIAH LYNTON)*

　　　　—*IONE LYNTON*

—*VIOLET LYNTON*

—*CASSILDA LYNTON*

—*ROSSILDA LYNTON*

—*RONALD LYNTON*

—*NOELA LYNTON*

—*OWEN LYNTON*

—*AIDA LYNTON*

Aquí suena la música sedosa de Josephine y se me sale a mí su bailado con los nombres de mis tías abuelas. Sonrío. Me pregunto si era mucho pedirle a mi padre que revisara esto y lo dejara en el árbol genealógico que tuvo que llevar a la oficina de control, digo en voz alta. No se había publicado este libro aún, dice la mujer de la recepción, «¿usted tuvo que llevar un árbol genealógico a la OCCRE?», pregunta extraña. Sí, tuve que hacerlo, porque estoy del lado más pálido de la Historia.

Arnat Robinson, mi nueva abuela. Sé más de Torquel Bowie ahora. Arnat se casó, o la casaron, más bien, con el primogénito, el máximo heredero, y esto tuvo que haber sido unos años después de que Livingston llegara. Seguramente se cruzaron y hablaron al respecto. Había hombres liberados, que no sabían que habían sido liberados, según uno de los libros, según todos los rondones de pensamiento y según el folleto de la iglesia.

Tomo fotos de las páginas del libro, *The Genealogical History of Providencia Island*. La biblioteca está por cerrar.

Voy al baño antes de irme. Saco el monitor, 113, bien.

Son las cinco de la tarde. Voy bajando las escaleras del edificio que en cualquier ciudad sería enano. Volteo un momento y veo que hoy vuelve a parecerme tan grande como me parecía en mis días de colegio. Paso a la contraesquina y una mujer robusta de cara larga me ofrece el precio del dólar. Camino al lado de las vitrinas de dulces y de chucherías, de vestidos de baño. De hecho, todos los edificios me parecen toscos. Uno va pegado al otro sin tregua para el paisaje, apiñados como para disimular lo poco que combinan sus colores desiguales, blancos y cafés, o las fachadas de vidrio. *A bunch of ugly buildings*, dice la guía de *Lonely Planet* con la que vienen los europeos, ¿un montón de edificios feos? Con el alemán nos reímos de esto.

Paso por la avenida Costa Rica, estoy llegando a la calle por la que quedaba la oficina de mis papás, ahora repleta de locales pequeños, accesorios y cosas para celulares, los palos esos largos para tomarse selfis, gorras, «Yo corazoncito rojo San Andrés», licores, licores, trago barato. Se anuncian descuentos, en todos los locales, sábanas, toallas, ventiladores. Un nativo me vende mango en creole y me alegra, otro hombre canela me sobrepasa, vestido de camisa formal y pantalón largo; el peludo árabe de mirada oscura me ofrece «barato, barato» lo que busque y la vendedora costeña me dice que siga que a la orden. Repite lo mismo a los largos europeos que vienen de la playa, una pareja de rubios de casi dos metros, hablando algo que me suena a holandés. Y pienso en cómo un pedacito de este lugar también les pertenece de alguna forma a todos ellos, en la forma del mundo que confluyó todo en el Caribe. En ningún otro lugar en Colombia esto es tan claro, en ninguna otra frontera hay otros seis Estados. Y ningún otro lugar está tan cerrado a sus posibilidades. Ningún otro lugar me duele más, ciertamente, y nada me consuela tanto como me confunde. Una señora de acento paisa me ofrece empanadas, de pollo, de carne, desde una silla que es el mobiliario descascarado de la peatonal del *North End*. Un mechudo barbado ofrece tatuajes de hena desde el suelo, una vieja rubia teñida de faldón largo me muestra unas manillitas de hilo de tonos rastas. «Tour mantarrayas, los cayos, tour a la barrera, mami, mami», de repente cambia, «a ti te llevo gratis, ts, tss, tan seria», las frases de la playa.

Piratas. Eso es. ¿Qué tenemos todos en común? Aquí todos somos piratas.

Voy recorriendo la punta norte. Llegando a la vitrina enorme de la perfumería cerca al café, pienso viéndome en el reflejo que no he dejado de parecer turista, con mis lentes de sol, el vestidito blanco, los tenis y el bolso al hombro. Y con la frescura propia. De dentro choca el frío del aire acondicionado, huele a alguna de esas fragancias anunciadas con dorado y escarcha, una mujer de piernas largas y bronceadas sonríe de reojo sobre el fondo blanco, y ahí está George Clooney de frac en el trópico, al lado de un aviso que advierte que solo se aceptan pagos en efectivo, como en todas las sucursales, por un escándalo de lavado de dólares en Panamá.

Entro, para refrescarme. El día estuvo muy húmedo y todavía a las cinco el aire es como un resuello gastado. No hay casi nadie en el almacén, con dos grandes escaleras eléctricas en la mitad que llevan a un segundo piso que se quedó a medio hacer. Bolsos, pañuelos, cremas, perfumes de todos los precios y muchas vendedoras forradas en el uniforme verde, echando el chisme, apoyadas en los mostradores. Hay una pelea y una tercera quiere interceder, que la una es muy grosera, que la otra es muy perezosa. «Tú que ere' bocona, ¡bocona!», dice la de uñas largas y rojas a la mujer mayor, una morena clara de voz bajita y aguda, «pero es que hoy dejastes también la vaina esta abierta, estás buscando que…».

—¿A la orden, señorita?, hay que ponerse a trabajá' es lo qu'es —dice y cambia de tono. Yo la miro confundida. No veo a nadie con cara de patrón. Se me ocurre preguntar «amiga, ¿tienes forros para computadores?», y sin decir nada, la morena camina con prisa a otra zona del almacén, al lado de donde está la ropa interior.

Empieza a mirar y mirar forros ella sola, y luego me mira, me pregunta la referencia, y le suelta a la otra:

—Oye, Milady, ¡niña!, ¿a ti ella no se te parece a alguien? Ella a mí se me parece a alguien, a una señora… —habla ahora divertida la mujer bajita, la otra me mira con desinterés—, ¿tú no eres hija de esa señora alta alta que vendía seguros? —dice extendiendo hacia lo alto con la mano y mirándome a los ojos. Me quedo extrañada—. Es que yo trabajaba con el turco y ej' que tu mamá siempre iba allá al almacén, con sus carpetas y sus zapatones altos, esos tacones… —aplaude—, toda elegante —se estira, yo solo arrugo la frente y sonrío de la sorpresa—, ajá, hace rato que ella no viene, ¿no?, pero es que es como verla a ella, ¡igualitica!, sí, ay, yo me acuerdo cuando eras chiquita —dice con ternura, y a mí no se me ocurre qué, o en qué momento, responderle.

Verla a ella. Sí. Siento el cariño que me dejó por aquí regado. No dije que murió, simplemente que sí, que hace rato que no viene mi mamá paña, mi mamá que llegó con el Puerto Libre. Soy como ella también, pero sin el cabello ondulado y sin sus medias veladas, sin un cuñado tolimense en la gerencia del banco que autorizó los créditos para construir buena parte del centro. Aunque algunos vecinos todavía me dan el pésame por mis padres, mucha gente no sabe lo que les pasó. En mi tercer año de universidad mis papás salieron de la isla, en parte por la crisis que arrasó con el comercio. El accidente en Bogotá era un rumor al principio, después se convirtió en el comentario de los allegados, hasta que la novedad pasó. Yo desaparecí del mapa, volví brevemente a la isla, en silencio, hui de la simpatía que sería fingida por esa hipocresía tan natural que me parece que nos caracteriza. Le sonreí a la vendedora, le dije que le daría sus saludos, y ella me pidió que le dijera que eran de ella, la que la conocía del almacén aquel.

Volví al caldito del ambiente y pasé por el edificio del New Point, el único centro comercial que hubo en la isla por mucho tiempo, antes de que construyeran el siguiente en la esquina de la mezquita. Mis padres no alcanzaron a conocer la calle peatonal, nunca caminaron por aquí asegurando locales y negocios. De su paso por la isla solo quedo yo, con esta frente sudada y el pelo suelto, y en la maleta un cuaderno y muchas fotocopias con los que pretendo resolver una deuda moral con este lugar y con los que pretendo también que alguien me pague por mis desdichas. La lucha raizal, pienso, la lucha por la tierra. ¿Torquel Bowie hubiera dicho que es raizal? Si no era bautista, no hablaba creole y tampoco venía de África, ¿qué vengo siendo yo?

¿La proporción de un ingrediente? ¿Un revuelto?

Llego a una silla plástica frente a las hamburguesas de franquicia, mientras descanso escribo apuntes. Tal vez especular es inútil y mi condición permanente sea pura mala suerte. Las certezas son solo ilusiones, intrigantes ilusiones. En mi caso hay hechos y datos que me tienen que llevar más allá de Arnat y de James Bowie, antes del tiempo de Torquel, antes de que los negros anduvieran por América entre cañaverales. Quizá la mano fantasmal de un ancestro pueda manipular mis venas, programar de nuevo la sangre, abrirles un camino a mis pasos.

# VIII. LOS CRISTALES DE LA SAL

Las palomas se pelean por las migajas de la comida rápida sobre la mesa de al lado, papas fritas, carne pegada al hueso del pollo, sobras para las invasoras. No sé a qué hora llegaron a la isla tantas palomas. Se picotean entre ellas, una negra y despelucada se impone llevándose un trozo grande al piso. Hay un turista mayor que está solo en una de las mesas, observa la rapiña con la misma perplejidad que yo, volteando de tanto en tanto a ver si efectivamente nadie va a hacer algo por detener las garritas de los parásitos sobre la mesa. Aparece una empleada desganada a recoger los desechables, luego de que han acabado con todo. Se va sin limpiar. Ahí vienen más comensales. Me distraigo viendo hacia la playa, de donde viene un olor a marihuana.

El *North End* no existía en la época de ninguno de mis abuelos. Me pierdo mirando hacia la playa, hacia las situaciones de las chicas que se hacen fotos en bikini y se lavan el bronceador en el mar y entonces escucho ¡Baruq!, un grito que me ubica dentro de la migración siria libanesa de mi padre.

—*Alright!* —reacciono, ¡es Livingston! Viene desde el New Point, debió escuchar mi apellido de boca de Juleen.

—*Hey, how things, how things?* —Y me da la mano para el saludo que ya me fluye natural, con el jaloncito de los dedos y luego conectando el puño—. ¿Y entonces, Baruq, cómo va el viaje? Estaba pensando en ti ahora y ¡bam!, apareciste, ¿cómo te fue con el Rudy, el día ese del recorrido por el teritorio? —pregunta.

—¡Bien! —exclamo, me sorprende que supiera de ese día—. Hey, hace rato no iba por allá, me sirvió para reconectarme, ya ando escuchando *dupies* y todo…

—Ah, *wuooy!*, eso debe ser esta isla que lo enloquece a uno, parce, ya andas viendo fantasmas —grita rascándose la cabeza—, ¡hey!, ¿y qué haces por aquí en el fortín Montero? Ahorita estaba hablando con la Juleen, ya sabes que está complicado estos días la salida de Barker's Hill, *yo don't knwo!* —exclama en creole.

—No, no lo sé —me apuro—, ¿qué pasa? ¿El fortín Montero? Qué chistoso —repito, me gusta la cercanía con la que me habla, aunque no nos volvimos a ver desde el rondón. Es evidente que Rudy le contó detalles de mi «crisis espiritual».

Sobre el fortín, Nard se refiere a que en algún momento la zona pasó a ser de una sola familia de continentales mezclados y naturalizados. Fue después del incendio de la Intendencia que de un plumazo aparecieron estos predios bajo el dominio familiar. Luego se rellenó el manglar que había con la arena que sacaron del dragado para el muelle internacional.

—¡Aaaah!, no sabes, no sabes todavía —arquea las cejas, pero deja la mirada clavada en algún punto del suelo—, tienen toda la calle bloqueada con fogatas y con llantas y cosas, porque hace más de un mes que del acueducto no le llega agua a la gente, está todo el mundo desesperado, Juleen seguramente anda ocupada con todo eso…

—¿Bloqueada la calle? ¿Y Juleen está allá plantada o

qué?—interrumpo. Nard juega girando el llavero de la moto en el dedo índice.

—Sí, así mismo es, dicen que el gobernador va ahorita para allá a negociar con los manifestantes, ¿y tú qué estás haciendo aquí? Yo voy saliendo, ¿vamos o qué?

Una pinta tan turística supongo que no es tan buena idea para ir a un bloqueo por escasez de agua, pero voy caminando al lado del tipo alto, con su camisa de mosaicos, que sonríe con perlas gigantes. De repente me parece que todos en la isla son activistas, que todos luchan por algo. Cuando el gobierno no está bien, el dinero no circula. ¿Y yo? Yo vivo de una cuenta bancaria que se mueve desde lejos, pero no tengo ningún otro lugar donde estar. Tampoco me había sentido más feliz, estar, solamente estar, eso me satisface. Pienso eso y enseguida percibo un olor a física mierda.

—¿Qué es este olor? —digo y señalo hacia la boca circular del alcantarillado, de la que rebota una nata espesa café verdosa. Siento una arcada ligera, Nard suelta un ¡ji, ji, ji!, y niega con la cabeza, mientras pasa la pierna al otro lado del asiento de la rx 200 naranja.

—Ay, ay, *miss* Baruq, ¿no te acuerdas que eso siempre ha sido así? Este es el olor de la temporada alta —dice y hunde el botón de encendido, haciendo rugir a la moto. Me subo acomodando la falda del vestido entre mis piernas.

—Está muy poético eso, el olor de la temporada alta —repito con vehemencia.

—Yo no sé si es poético o no... —va diciendo Maynard, mirando hacia atrás para girar hacia la izquierda y pasar por el frente de varios hoteles Montero, de los edificios de apartamentos para turistas.

—Claro, poético, las intimidades del turismo, mira ve —señalo arrugando la boca— ahí están las borracheras, los guayabos, el trago barato... —El charco espeso cubre toda la esquina, hasta los andenes, un señor gordo y enrojecido como camarón va saliendo de la playa con la gorra verde de un equipo de fútbol y las chanclas en la mano.

—Y ahora como estamos siempre en temporada alta, aquí siempre está lleno todo, ¡y todavía están cagados todo el tiempo los hoteleros con el famoso tema de la «afectación del destino»! —dice subiendo el volumen para que lo escuche hasta el gobernador sobre el ruido del motor. Me acerco a su nuca y siento fascinación por ese pelo, que se compone de curiosos surquitos negros y diminutos.

Pasamos por la estatua de la barracuda y un grupo de señoras de falda larga se reúne alrededor del pez como en un círculo de oración.

—¿Y eso qué es, amigo? Esas personas ahí —pregunto extrañada mientras ya doblamos hacia la Avenida Newball.

—Ah, es gente protestando porque volvieron a poner la barracuda ahí, adventistas y bautistas, que ese es un símbolo del diablo y no sé qué —golpea con sarcasmo—, la comunidad quería poner ahí una estatua de algún símbolo nativo, habían dicho que sí, pero a las semanas volvieron a poner la barracuda.

La estatua es un símbolo de Simón González, «pañamán, *yo hear!*», dice Nard.

Hace años unos turistas borrachos se subieron a la barracuda después de arrancarle los dientes que le quedaban y la vaina se cayó. Entonces querían aprovechar para reemplazar ese símbolo de la visión de las islas del exintendente y exgobernador Simón González, un poeta paisa relacionado con el nadaísmo, por un símbolo nativo. Me imagino a algún personaje como Livingston, como Francis Newball, el de la Intendencia Nacional de 1912. Comerciantes paisas se unieron e hicieron colectas para el material de la estatua nueva y, a pesar de que habían prometido no restaurarla, fue aparentemente lo primero que pasó cuando empezó el gobierno del turco. Es una coincidencia que así le digan a su grupo de amigos, el grupo barracuda, por la voracidad en la contratación pública, según Nard.

—Yo pensé que la gente quería a Simón González, *buai*.

—¡Uuuh! Ese cuento es laaargo, *hey, how things!?* —saluda a una joven de trenzas cortas que le pita desde la moto de al lado—. Es que mucha gente se acuerda del congreso ese de brujería que hizo en Providencia, por eso andan como desarmando conjuros los de las iglesias.

Pasamos ahora el edificio nuevo de la policía que no ha podido atajar la ola de criminalidad reciente. Hace poco acabaron de construir esta detestable mole blanca de camarotes y oficinas que rompe totalmente la armonía de la avenida, en uno de los predios con la mejor vista hacia los cayos. Nard y yo nos lamentamos, como se lamenta casi todo el que pasa por aquí. Siempre más policía, siempre al estilo del continente. Casi al frente del semáforo del Coral Palace, la sede de gobierno, una figura de caricatura me llama la atención.

—¿Y esta estatua qué carajos es? —al frente de la oficina de circulación y residencia Occre hay una estatua de bronce, un hombre de proporciones raras sonríe bonachón bajo sus lentes gruesos y alza el pulgar de la mano izquierda a los transeúntes, como que «todo bien». La debieron haber empotrado esta semana, es la primera vez que la veo. Nard se molesta más aún y chasquea con la boca.

—Ese, te lo iba a mostrar —nos detuvimos por el semáforo en rojo antes de la sede de gobierno—, ese supuestamente es Newball, esa imagen fue idea del gobierno anterior pero nadie me ha podido explicar, parce, a quién se le ocurrió representarlo así, ¡y eso que costó cientos de millones esa cosa! De ese gobierno, esos son otros que como en los 90, va a acabar en la cárcel más de uno por andar con esas pendejadas. —Nard cabecea señalando el Palacio de los Corales.

Hacemos una derecha antes de pasar por el muelle que queda al fondo de esta vía, tomamos la Avenida 20 de julio, por donde desfilaron los colegios en el día de la independencia y el 7 de agosto. Por aquí desfilaba yo, me recordé con un triángulo, platillos o un xilófono, los hombres con redoblantes y bombos, tocando ese ritmo en el que, al menos un día, todos en la isla, sin importar el origen, el color o la religión, nos movemos en el mismo tono y con el mismo rumbo.

Creo que ahora, mientras esperamos la luz verde del siguiente semáforo frente a la notaría nueva, entiendo algo sobre ese día. A nadie le importaban realmente Bolívar y su campaña, ni el tricolor del pabellón, ni nada de eso. Era el *beat*. Adventistas y árabes, incluso algunos musulmanes, polacos, suecos, austriacos; o paisas, costeños y cachacos, todo el mundo sufría o gozaba cada año el 20 de julio, con la intensidad del mismo sol y el alivio de la lluvia que siempre caía. Se escuchaban los redobles, y uno se movía:

Derecho adelante, derecho atrás,
Marcha,
Un paso adelante y repite,
Derecho adelante, derecho atrás,
Marcha,
Un paso adelante y repite…

El pasito era pegajoso, el bombo remataba, bum, bum, bum, ta ta tan tan, bum, bum, bum, por toda la avenida principal, hasta la grama del estadio de béisbol Wellingworth May frente al aeropuerto. Se le movían a uno las dos caderas y la cintura, las rodillas avanzaban y los pies y hasta el cuello se meneaba. Las mujeres íbamos peinadas al mejor estilo personal, aunque recluidas en esa jardinera de paño hasta la rodilla, como de monja de inicios del siglo xx. La jornada era como una larga batucada pero con un traje muy incómodo. El show se lo hacían los batuteros o batuteras, varas al aire y luego entre las piernas y las súper estrellas de los colegios nativos que todos queríamos ver hasta le metían break dance y tenían su momento de gloria. Ese día todo el mundo tenía que bailar. Acabo de entender la rabia que me contó Juleen que sintió cuando en 2012 el presidente de Colombia suspendió el desfile de colegios por un desfile exclusivamente militar. No es que los militares no desfilen cada año. De hecho, todos los años sale un veterano que estuvo en la Guerra de Corea, pero yo como pelaíta que salía a desfilar no recuerdo haberlos visto más que dispersos al final del recorrido, cuando muchos grupos de colegio se quedaban en la playa tocando y bailando.

Tomando el camino hacia la loma huelo el típico pan bon recién horneado que sacan a las seis de la tarde en la panadería, pura leche de coco. Subimos al lado del colegio bolivariano y al costado queda el Cliff, el barrio al que dicen que a veces no entra ni la policía. Circunstancias, inmigrantes. Nos sobrepasa un camión del batallón de infantes de marina del Cove. He visto muchos, suben y bajan con los soldaditos de pie que quién sabe de dónde vienen y que miran a cada mujer como si nunca hubieran visto a una. A esta hora deben estar relevando a los soldados de los retenes a la vuelta a la isla, o tal vez transportándose a las afueras del bloqueo.

Unos dos kilómetros más adelante, nos detenemos y dejamos la moto. Un tumulto se reúne ya alrededor de la figura del gobernador, el barranquillero calvo y panzón, también de apellido sirio libanés. Se me revuelve un poco el estómago solo de verlo. Una mujer vestida de tacones altos y ropa ceñida le habla enérgicamente.

—No, esta situación no es culpa suya —dice y señala hacia atrás—, pero sí es su responsabilidad arreglarla, ¿cómo es posible que vayamos para tres meses sin agua? en realidad, grita—, tenemos que ir con baldes a los pozos, todos los días—sigue y yo me quedo escuchándola, Nard se fue a buscar a Juleen del otro lado del grupo—, ¡pero mientras tanto el centro tiene agua todos los días!

Hay señoras mayores despelucadas, otras de rulos, hay pelaos en edad de colegio, descalzos, una mujer con uniforme de enfermería, un par de policías. Ahí están Juleen y Sami, me muevo entre la gente. Unos chicos están debajo de un tamarindo sentados en estibas, tomando cerveza. Atrás, la olla del rondón. «Vamos a buscar una solución con la empresa de acueducto, pero es que su contrato no incluye expandir las redes del acueducto, y no hay agua en los pozos nativos…», dice el gobernador. Saludo a Juleen, que me abraza, a Sami le doy el saludito con la mano y un beso en la mejilla. Dicen que la gobernación no puede levantar el bloqueo, los raizales quieren continuar hasta que se comprometan a traer una planta desalinizadora.

—El problema es que este bloqueo solo nos afecta a nosotros mismos —dice Juleen, mientras las motos de los residentes del barrio intentan pasar por un ladito entre la chatarra, las llantas y todo lo demás que está aquí regado en la mitad de la calle.

—*Yeeh,* debería ser en el centro —dice Sami y se cruza de brazos empuñando la mano en el mentón.

Sigo observando, tomo un poco de distancia. Los niños flacos me conmueven un poco, y las morenas con sus pantaloncitos cortos y sus falditas, y sus bebés de brazo.

—¿Tres meses sin agua, Juleen? ¿Cómo carajos hacen?

—Pues yo tengo que comprar el carro-tanque y

mandarlo pa' mi casa, pero últimamente me dicen que no vienen porque están abasteciendo a los hoteles —tuerce la boca—, como si yo no supiera que el agua la sacan aquí de Orange Hill —y señala hacia el camino de bajada a Loma Naranja—. Ah —susurra—, mira quién viene ahí.

Pensé que era Nard, pero es Jaime. El cachaco se detiene, saluda a los tipos del tronquito, con el mismo jalón de dedos. Sonríe y mira para acá. Viene de jeans claros, camiseta blanca con cuello en v y los lentes de búho. Nos saluda de beso y a Sami con el mismo ritual, agregando un *quiubo, parce*. Escuchamos un momento más la bulla de dos jóvenes altos vestidos con pantalones de dril y camisa de cuello, que dicen «queremos una planta desalinizadora, como tiene el *North End*».

El gobernador permanece inexpresivo. Un muchacho pálido y de pronunciadas entradas le susurra algo al oído, el gobernador voltea y yo lo detallo. Tiene la mirada de los árabes, sin duda, con ojeras muy profundas, la cabeza brillante y una barriga que me hace temer por su estabilidad, parece a punto de caer de narices en cualquier momento. Es un gobernador para los comerciantes. La semana pasada se celebró una reducción del impuesto al licor, como si hubiera llegado la salvación misma, como si aquí ya todo el mundo no estuviera lo suficientemente intoxicado.

—¿Qué has hecho, cómo te ha ido? —pregunta Jaime en voz baja—, ¿cómo ves a tu gobernador?

—¿Mi gobernador? Yo no voté por él.

—Yo sí, qué pesar —responde Juleen.

—Y yo, *mi mad man, laard!* —vocifera Sami y alza una mano por encima de la cabeza rasa, se me parece a un basquetbolista a punto de lanzar—, vamos a ver con qué sale el turco.

—¿Ustedes? ¿En serio? —pregunta Jaime abriendo

más los ojos.

—Si él ganó fue también por el voto raizal, su mujer es raizal—anota Sami. Pensaba que no eran una fuerza electoral, pero al parecer sí pueden hacer una diferencia.

—Y pa' saber que ya se separaron… —comenta mi amiga, arrugando los labios. Yo suelto una risita. Clásico.

—¿Y entonces qué pasa aquí ahora? —pregunto mirando alrededor—, ¿y dónde está Nard?

—Nada, mija, aquí nos quedamos, Nard, ahí está su moto, pero ese siempre llega y con las mismas se va —dice Juleen…

—Bueno, aquí ya tus amigos van a preparar el rondón, por lo que veo —digo mirando a Jaime y señalo hacia la olla gigante al lado de los pelaos.

—Mis amigos, claro. —Me mira con coquetería. No es feo el tal Jaime.

—¡Tranquila que ahorita sacamos el picop, hoy es viernes!—declara Juleen en un giro súbito de su ánimo—. ¿Y tú cómo estás, ya te revisastes?

Caigo en cuenta. Saco el monitor y Jaime me mira con curiosidad. Sami igual.

—Es un monitor de glucosa —lo paso por el sensor que me instalé hoy en el otro brazo—. 110, está perfecto. —Y lo guardo.

—Yo no había visto eso —dice Jaime.

—Y yo tampoco —confirma Sami—, ¿es para revisar el azúcar? Mi tía vive pinchándose los dedos.

El sensor es un alivio, les digo, hace las cosas más fáciles, si no lo tuviera haría justamente eso, puyarme a cada rato.

A mi derecha y en la dirección al centro, el gobernador se sube a una camioneta con el muchacho y una señora nativa muy alta que lo acompañó todo el tiempo. Atrás nuestro, un bafle enorme comienza suave. Suena algo inesperado, es un calipso propio, reconocí el ritmo.

«¿Qué es lo que dice, Juleen, esa canción?».

*Hold on,*
*Hold on, children,*
*No matter what the system, Hold on,*
*No matter what the system.*
*Dem only come around when they running dem big*
*campaing…*

Es una voz de aguante, un calipso resistente, de un grupo que se llama *Creole*, me recuerda Sami. Los políticos solo vienen cuando hacen campaña, canta, como cuando pavimentan de afán los caminos de entrada a los barrios y le regalan plata y ron barato a la gente. Por alguna razón se me hincha el pecho y me erizo, viendo a los pelaos que montaron el caldero sobre la pila de bloques y a un par de peladas rayando coco. Es cierto, Jaime y yo somos los más pálidos y los europeos son muy guapos, pero a mí me une algo a las miradas de estas personas, a estos patios quietos de suelo de tierra, recorridos por varios perros míseros de nadie y de todos y unos gatos flacos. Escucho el ruido de varios motores, llega más gente, unos mueven los elementos de la barricada, algunos pasan y otros se quedan. Sami saluda con el gancho a varios hombres jóvenes vestidos formales, dicen cosas en creole que no alcanzo a entender. Vienen del trabajo, hacia sus casas. «Hey, ¡quédense!». Se van a cambiar y ya vuelven, dice Juleen. No es solo un bloqueo, hay una fiesta. Las sillas de plástico inundan el borde de la calle y yo miro divertida al cachaco, al que debe parecerle aún más extraño este plan que a mí. O no. Él es, después de todo, un residente del *Barrack*. Juleen y Sami tienen una conversación en creole y él la abraza, la besa. *I'm a rebel, soul rebel!,* suena del bafle gigante una voz femenina, un reggae que reconozco desde adentro se me sale, suavecito, desde la cintura. Cierro los ojos un momento. Creo que Jaime me mira. Creo que varios más me miran. Recuerdo que bailaba, que bailo, que cuando aprendí a bailar fue así de pegado, como mis paisanos. Juleen aplaude en risas y dice que me acuerde del colegio, sí, el colegio, las ganas alborotadas de apretarse al otro en las minitecas totalmente a oscuras, con el aire acondicionado a 17 grados.

—Como que sí eres isleña entonces —dice Jaime.

Me enternece que el chico piense que me está retando. Me río, de él. Una mujer color cacao se acerca y lo saluda al oído, él se aparta y algo le dice, no escucho. Yo me mezo hacia Juleen y Sami, escuchando el reggae suave. La chica desliza su mano por el costado del brazo del tatuaje y le agarra la mano a Jaime. Es hermosa, de ojos grandes, trenzas largas de color rubio y con el vestido negro corto y ceñido se delinea un cuerpazo delgado. Los pómulos son pronunciados y el mentón pequeño, parece una muñeca, maquillada con demasiado rubor. De repente Jaime me parece más atractivo, ya sé cómo es esto. El chico se ríe un poco nervioso y me mira. *I'm a capturer, soul adventuror.* Siento las sílabas que me van cayendo a mí, la aventurera en el barrio de al lado, en un mundo paralelo.

—¿Quieres fumar? —me pregunta Sami—. Aquí tengo de la jamaiquina que te gusta…

—Ya vengo —avisa Jaime al tiempo, y se va caminando, asumo que se irá con la mujer que se despidió hace un momento.

—Sí, voy pa' esa —respondo mirando hacia arriba para encontrar la mirada pícara de Sami, alto como un poste, se ríe y dice *yeh, man!*

Se va el sol de a poquito y empiezo a ver las estrellas aparecer entre las hojas de las palmeras. El paisaje de la plantación. Estoy, según el mapa que encontré hoy con la toponimia nativa, en el pleno *Barrack*. Para mí este era el barrio en el que los nativos se agarraban a machete, como decían mis padres. Estoy mirando hacia el Este del caballito, hacia *Pomare's Hill*, donde la isla en algún momento tuvo la más alta concentración poblacional. Nos vamos del gentío hacia un patio solo. Por estas terrazas, en las decenas de miradas con las que me voy encontrando, se asoman todavía esos hombres, sus madres y sus mujeres. Las puertas siguen abiertas a esta hora, como en la época que todos añoran.

Aquí se cultivaban las naranjas que se exportaban, los capitanes, orgullosos y reputados, las llevaban a Colón en sus goletas. Seguro ellos no caminaron mucho por aquí, entre los hombres y las mujeres del *bush*, con esos pies gruesos y callosos del tronco de la palma, con las manos brotadas de cargar bultos, o pinchadas por el «oro blanco», el algodón bien valuado de San Andrés. Un par de ojos arroja a una familia entera, un gesto conforma todo un árbol. Sami me dice que aquí paramos. Juleen mira para todas partes, camina un par de pasos y recoge un mango. Le quedan mucho mejor estas trenzas que el alicer que se aplicaba cuando íbamos al colegio. La pienso y la comparo, desde esa niña casi muda que conocí, la más oscura del salón, hasta esta despampanante flaca que habla duro en todos los idiomas. Cambió desde que fue a Gran Caimán, dice, «me estoy descolonizando, amiga, poco a poco». «Poco a poco», yo repito, «y yo también». Sami le ofrece el cigarro, ella chasquea y prende y el olor a hierba fresca y a tierra húmeda se despide en una nube de humo blanco. A lo lejos escucho a Damian Marley, «El General», otra canción vieja, *Some gials in the twinkling of an eye, dem are ready fi come pull down mi Karl Kani*. La letra dice que algunas chicas con el guiño de un ojo están listas para arrancarle su camisa. Calo, y se oye un *crac* de una semilla de hierba que se quema y revienta.

No he tenido que considerar el peligro de estar aquí. Mi papá se volvería a morir de verme, pero yo estoy en esta isla y toda la isla es mi casa. Calo más y es el turno de Sami que recibe el cigarro con una mano gruesa, de líneas profundas y rojas. «Esos lugares son peligrosos», escuché siempre. Pero es que toda la isla es mi madre, me digo, yo salí del mar y aquí llegué a levantarme, en la arena de millones de años y por la sangre de todos mis muertos. Los hijos de este par serían unos héroes de la resistencia, pienso, viéndolos crecidos y fuertes, y me pregunto si es resistir o fluir lo que yo estoy haciendo aquí, mientras recorro escasos pasos de todo lo que me antecede. Me entra el mareíto rico. Ahora solo sonrío y no me importan ni los mosquitos ni el chiquitico *sandfly* que pica más duro. El suave olor a fruta podrida se me hace simplemente sublime. Miro hacia el cielo. Todavía no llega la luna llena de noviembre, pero la creciente ilumina unas nubes violetas que van cubriendo los puntos de la «v» de Tauro en el cielo, de las cosas infinitas en mi línea de tiempo.

«¿Más?», me saca Juleen de la distracción. Más. Calo una vez, profundo, y sueeeelto el respiro del *healing tree*. Voy levitando mientras sigo a Juleen, que me jala otra vez de la mano entre las casas elevadas sobre pilares, de regreso al barullo, de regreso a las ventanas de madera por donde se asoman tantas Historias, tan válidas como la oficial. Miro y me miran, mis ojos se sienten juguetones, pesados y ligeros al mismo tiempo. Deben estar colorados y con el verde alborotado. Juleen da otro aplauso y suelta una carcajada coqueta, oímos el coro de una voz masculina, un tono que canta con un tempo *slow*. Un hombre alto y acuerpado me mira fijamente, a los ojos, yo solo sonrío, indistintamente del contenido de la música.

—¡Ahí están! —dice Jaime detrás nuestro.

Llegamos otra vez a la terraza del lado de la calle, el rondón sigue en fabricación, unas mujeres preparan los *dumplings* con harina blanca, pero algo ya hierve en una olla en la que podría caber yo completa. Me río. Jaime me busca los ojos, me trae una Miller.

—Te gusta la Miller, ¿no? Es lo que hay —dice.

—Gracias.

La destapa y le pasa otras dos a Juleen, que tiene a Sami abrazado a ella por la espalda, con la cabeza apoyada en la suya.

—Casi no encuentro, este bloqueo es perjudicial —se ríe.

—¡Será para ti! —Sami señala hacia el frente, al otro lado de la calle, arrugando la boca, hay una nevera grande repleta de cervezas, debajo de un jobo y al lado de un sofá rojo y una silla vieja de oficina medio caída que ahora componen una sala en la vía pública.

—¡Carajo! Bueno, eso me pasa por paña —se burla el cachaco, me burlo yo de su situación identitaria y sin pensarlo mucho le mando la mano al brazo del tatuaje. Juleen me echa una mirada. *Me deh so high.*

—¿Fumaron? —pregunta Jaime, mirándonos a los tres alternadamente, los pómulos rosados y crema se le alzan, y las cejas.

—*Yes sa'*, te la perdiste —Juleen se la canta.

—No me esperaron, estaba buscando las cervezas…

—Estabas como ocupado —le dice Sami con un golpe en la espalda—, yo te entiendo, *buai.*

—Ah, ella es mi vecina, se quedó sin llaves de la reja otra vez, pero más me demoré buscando la cerveza —se lamenta y le da un sorbo.

—Sí, yo también tenía una vecina… Vamos, *bro* —dice Sami riéndose y se lo lleva pa'l monte.

—*So, yo guain tell me the seshan!* —dice Juleen altanera.

—*No seshan at all!* —le digo y le muestro la palma de

la mano derecha moviendo el cuello—, ningún chisme te voy a contar, ¡si no hay! —le digo y me encojo de hombros. Me acusa de coqueta. Chisme sería el del alemán, que ya debe estar con otra en Cartagena.

—Ah, sí, ninguno... yo sé cómo es eso. —Y empieza un dance hall que nos detiene a las dos en seco.

—*Wat is dis?* ¿Qué es esto que suena? —pregunto confundida, al reconocer en las letras el creole isleño.

—¿No los conoces? Esos son esos mismos que vienen allá—señala mi amiga mientras sacude las trenzas y baja con la cadera quedándose a mitad de camino.

Veo a dos pelaos altos, de piel ébano brillante, espaldas anchas y barba tupida, se burlan de que justo empieza su canción y caminan bailando suave, otros empiezan a rodearlos y entonces se pierden por un momento. *Hety and Zambo, gial, yo no knwo dem?* Así hay muchas personas a las que no conozco, inexplicablemente para muchos, y eso no es de ahora sino de siempre.

Ya en el colegio conocía a menos gente que el promedio. Hay algunos isleños, podría suponer, que difícilmente asocian nombres con caras, que encuentran más difícil aún asociar esa información con el rol de alguien a quien todos los demás parecen conocer íntimamente. Yo no sé quién es quién, pueden pronunciar el nombre y el apellido así pegado y seguido, como si me fuera a sonar, pero no. Yo no tengo acceso todavía a la noósfera, me río por dentro, al banco de información en donde están las ideas de todos y de todo. Somos así todos los que volvemos del exilio, claro, despalomados. Quizá es que nunca me he sabido los chismes, no sé quién es nadie y ahora nadie sabe quién soy yo, aunque de seguir así, me imagino que no tardará mucho hasta que pase a ser otra parte integral del paisaje isleño, una *habituée* en cualquier parte, una figura pública con información disponible en la memoria popular. *No weakness, no weakness,* me interrumpe el corito pegajoso de esa canción que dan ganas de moverse desde las entrañas pa' afuera. Los artistas llegaron a lo suyo, a hablar con quienes habían prendido el fuego más temprano, se quedarán un rato más, dice Juleen.

Todo en el ser de estos hombres y mujeres, desde sus ojos hasta las ideas, el pelo, cada músculo, parecen extracciones de una materia más fija. En algún par de ojos yo percibo una fuerza de atracción, corriendo por las venas tras ser filtrada mediante una herencia de resistencia, y también los acoge la fortuna de todos de haber acabado revueltos en este capricho de la geografía. Tengo una visión imponente de Providencia desde una ensenada, pero también la imagen de las bahías superficiales y descubiertas del caballito de mar, y de algo que aprendí por la tarde sobre los primeros que vivieron en Henrietta.

En 1780 todo esto estaba vacío en comparación con Old Providence, la isla casi deshabitada, por fuera del alcance estratégico de ningún imperio, demasiado lejos, demasiado plana, aparentemente inhóspita. El registro histórico más cercano a la fecha es el del diario del norteamericano Stephen Kemble, trece años antes de que España volviera a ejercer dominio en el archipiélago. Cuando el capitán Kemble naufragó en la isla había doce familias y algunos niños, seguramente no muy distintos a nosotros, a todos nosotros, y una tierra virgen sin pabellón me hace pensar en una vida bohemia, en paz, sin régimen, y los veo a rubios y africanos en el derroche de noches olorosas a tabaco, ron y frutos del mar, imagino preñadas las mujeres, como estas que veo ahora, y a los niños combinados descalzos y sonrientes. No había cómo pelear o abusar demasiado; si los barcos negreros no venían, una muerte, cualquier muerte, sería sumamente impactante. No habría cómo, por ejemplo, separar a las madres de sus hijos. Pero en cada rayo de luz viaja también su sombra, el trueno del egoísmo, la pirámide de la ambición, así que veo castigos, el látigo del desespero y las perversiones del aislamiento, de la fuerza y del poder, la sangre por el palo de las espinas, las violaciones. Sin libertad para moverse, para irse, cuán plenas podían haber sido esas noches, llenas del júbilo del escape, primero de su euforia, y luego de la resignación de los prófugos.

El gringo, que derivó aquí con heridos de una batalla, escribió en su diario que esas doce familias eran sobre todo de jamaiquinos que vivían para sí mismos. Describió un banquete con vino y ron de producción local, en barricas del cedro bueno que ya había en Henrietta antes de que se reportaran las pisadas de algún europeo, con carne y huevos de tortuga, y con el mejor tabaco que había probado. Un festín, un banquete libertario. Lo imagino prendido, como este rondón, con el mismo olor a leña ardiendo. El capitán anotó especialmente que no los unía ninguna religión o autoridad. Ojalá haber sido súbditos solo de sus deseos y necesidades, en medio de un Caribe disputado, haya hecho más libres, felices, a esos jamaiquinos aventureros aunque sea por un instante —y que sus niños lo hayan visto—, a los descubridores de un paraíso en el pleno de la trata, cuando el secuestro era aún más rentable y la revolución industrial creaba aceleradamente el reemplazo por una clase distinta de esclavos en las fábricas europeas. Así, así. Los imagino bailando y cantando algún coro mestizo, o alguna palabra cargada de significado, un episodio que es un refugio para la memoria adolorida, el eco de un momento en el que alguien tuvo la vida que quiso como alternativa, alguien, al menos. Se me mueven de nuevo las caderas, como sé que se les mueven a los pañas y a todos cuando se abren a complacer los caprichos con los que todavía transcurren los días en este trance isleño.

El tiempo de todos ha confluido aquí, en este verano que hubiera prendido fuegos en todas las plantaciones del mundo colonial, con este ritmo que despegaría de su silla a alguien lo mismo en Puerto Limón, en Sudáfrica o en Ghana. El ritmo es como el hilo invisible que nos conecta, es la fuerza que nos ha movido a esta conjunción improbable que no se entiende hasta que suena música y los universos coinciden, hasta que un cuello, una pierna, una cadera, delatan al espíritu que habita un vehículo de cualquier color. Así fuimos construidos por una circunstancia histórica, por un misterioso devenir que nos tiene a todos en este caldero, en este bloqueo, y a este cachaco, también, y a los otros mezclados que conversan, que comparten la necesidad y el embrujo de San Andrés, que no aceptan, que cuestionan. Todos bajo la misma presión estamos en esta isla que llora y baila, y somos más que piel. Abstraídos en el ritmo, pienso, somos como la sal que compone los mares, hervidos al calor de una Historia que ha sido tan ácida como un vinagre que cura heridas. Se me desvanecen las vaguedades, sé que en este vientre enorme somos como cristales de sal, refractarios, luminosos, espejos los unos de los otros.

Alrededor, de repente, las parejas se instalan en el patio que es ahora un bosque de altos troncos que oscilan lento. Sam abraza a Juleen de nuevo, ella lo recibe y se juntan, se arrullan. Ahora sé que Jaime me mira, le siento los ojos, le siento las ganas mal llevadas detrás de los lentes redondos de marco negro. Lo miro de reojo y él acaba de girar hacia mí con una sutileza destacable, me provoca. Yo bailo sola volando en un surco del rizo de nuestro pelo, hasta que mi mano llega a su brazo crema, a su hombro grande, a su pecho ancho. No quiero decir nada, no quiero pensarlo mucho. Un baile que fluye en un bloqueo, una meditación activa, me recorre una cosquilla cuando el chico me toma por la cintura, del picop salen las notas de *Human Nature* de Michael Jackson, pero en un reggae vibrante que me choca hacia el tatuaje del águila, mis manos se colocan solas detrás de su nuca alta, como recuerdo que se baila aquí, y me pregunto cosas como si es una situación amistosa casual esta de moverse así con alguien. Bailo por puro instinto, el chico también, posiblemente moviéndose así por primera vez, y lo siento cerca de mí, en una intimidad pública que no tengo ganas de cuestionar. Nos movemos apenas, mis piernas entre las suyas, en el brillo tenue de los postes de luz amarilla. Estoy respirando cerca, mi nariz en su cuello huele detrás del perfume del coco y el caracol. La música cambia y yo me separo, lo miro a los ojos y sonrío como la experta que no soy, me separo más, ahora suena un dance hall y los demás pilares extasiados se dividen en dos en la oscuridad.

—*No seshan, no?* —Me mira Juleen altanera y me tuerce los ojos haciendo una mueca de broma.

—Estoy practicando —le pico el ojo encogiéndome de hombros.

—Te salió muy bien —dice Jaime luego de aclarar la garganta y a mí se me ocurre reclamarle la confianza con un empujoncito.

—Voy por una cerveza.

—Yo voy, o te acompaño —dice Jaime.

—Traigan dos más —dice Juleen.

Cruzamos la calle el continental y yo y empieza a hablar con un acento que no deja de fastidiarme. De otro lado, su cadera se mueve bien.

—Los bloqueos son una rumba, como la que hubo la semana pasada cuando Carajita ganó la carrera de caballos.

—Pues este es mi primer bloqueo también, y no sé quién es Carajita…

—Pero no es tu primer picop, ¿o sí? —dice retándome. Sí lo es.

—Hace quince años los picops no eran así —miento, o eso creo. Jaime se ríe de ser tan cachaco y aún así tener algo que enseñarle a una raizal.

Carajita es la yegua favorita en las carreras en *Velodia Road*, «¿no sabías?»; Carajita también está en la noósfera. Un reggae más y seguro desbloquearé el acceso, finalmente, pienso y me río. «Chiste interno», digo y le doy un sorbo a lo que me queda en la lata. Veo burbujas de colores que flotan entre el paisaje, las siluetas de la gente, una profundamente seria e intimidante, otra alegre sin remedio.

—Tengo algo que contarte, ¿sabes? —me corta Jaime cuando llegamos a la nevera todavía repleta de cervezas.

—*Four, please* —le hablo a la mujer que me atiende—, ¿qué? ¿Qué tienes para contarme?

—Más bien, quiero mostrarte algo, vivo ahí enfrente, ¿me acompañas un momento? Vale la pena —dice serio y pienso que habla sin morbo. Soy claramente mayor que él, con sus facciones ligeras y su voz tierna, la bulla del picop nos traería de regreso al bloqueo eventualmente. «Vamos pues», le digo recibiendo las cervezas.

Subimos por un callejón destapado entre casas pintadas de naranja y verde, y unos perros salen a saludarlo. Abre una reja que da a unas escaleras, vive en el segundo piso, en apartamentos adaptados para estudiantes, me cuenta. Ahí está la bicicleta, de color magenta, liviana. «Nairo», digo y se ríe. No puedo evitar mirar sus piernas, a ver si es cierto que es buen ciclista. Entramos al apartamento, «a este lado vive mi vecina, la que dejó las llaves», me avisa. El ambiente se vuelve silencioso adentro en una sala amplia, por una ventana abierta se asoma la rama de un *bread fruit*. Me siento en el pequeño sofá y aprovecho para sacar de nuevo el monitor. La cerveza me ha mantenido más o menos estable, siento la niebla ligera de la hierba.

—Espérame un momento —dice caminando por el corredor hacia una de las habitaciones.

El chico aparece con un libro grueso, de cubierta blanca con azul. ¿En serio me va a mostrar un libro a estas horas? Me paso una mano por la frente.

—Un día fui a la tienda de la u, Josephine me preguntó por ti —evoqué la voz y el puentecito y me estiré de nuevo— y terminamos hablando de tus apellidos —hace una pausa, se sienta en una silla plástica al lado del sofá—. Un día estaba buscando un dato en este libro sobre crisis y conflictos en Centroamérica y el Caribe occidental y me acordé de ti —se detiene un momento y se pasa a mi lado, con el libro abierto en un aparte marcado con una banderita roja—. Aquí encontré algo que te interesa.

—No sé si estoy en condiciones de leer, pero lo intentaré…

El autor se llama Gerhard Sandner, es un geógrafo nacido en Namibia, pero de origen y residencia alemana, leo en la solapa. La publicación de este libro es de la Universidad Nacional, del 2013. Ahora ubico las palabras resaltadas en verde fosforescente:

…ya al final del siglo XVIII estaban representados los nombres que hasta hoy se mantienen como los más importantes, Archbold, Bowie (el fundador llegó hacia 1789, con 20 esclavos y se casó con una esclava), Robinson (el fundador fue un capitán inglés empobrecido), Newball y Taylor, Forbes y Lever, Brown y Wright…

Silencio. Jaime me mira con curiosidad. Yo me dejo regresar en un flashazo hasta el mismísimo barco negrero. Una mujer, acomodada desnuda entre cientos de cuerpos paralelos, tembloroso, el vaho cargado de terror, la fiebre, el mareo, una asistente a la fiesta.

# IX. IGUANAS EN EL TEJADO

Desde la cama escucho crujir el techo y me pregunto, de nuevo, cómo fue que acabé cayendo en el agujero de conejo blanco tropical.

¡Ruuum, ruuuum! ¡Rum!

Parece como si hubiera allá arriba un guiso pesado hirviendo, el calambre del *duppy* de alguno de todos estos hombres y mujeres que me han visitado.

El calor lo ha hecho difícil, pero no tengo muchas ganas de salir de la casa, he dormido bastante, a pesar de los insoportables ruidos de las construcciones de atrás y de las sirenas. Me alarman las sirenas todavía, su activación a diario me recuerda que San Andrés ya no es un pueblo, que es toda una ciudad en emergencia.

Roberto me llamó desde un teléfono desconocido hace unos días, contesté, y se interrumpió mi tiempo a la distancia. Escuché esa voz y sentí que se me volteaba el estómago. No lo oía desde la madrugada en la que salió a su viaje al sudeste asiático, cuando se despidió con un beso, diciendo te amo. Cabrón. Al día siguiente, considerando que era inusual no tener noticias suyas aún, entré a su correo esperando encontrar algún código de reserva que me dejara saber que había aterrizado en el Narita, y así fue. Rastreé su vuelo, que ya había llegado a Tokio. También me di cuenta de que no iba al retiro espiritual del que había hablado durante meses, sino a una luna de miel con su amante vieja.

Sentí pesar por él, por la necesidad que tiene cualquier culpable de disculparse a través de buenas acciones. Estuvo en la sucursal hablando por mí, dice que no hay novedades significativas, que no ha habido siniestros y que las renovaciones se hicieron en orden. Le llamé la atención sobre lo innecesario que era, lo entrometido que era que preguntara por mis asuntos, dadas las circunstancias. No, por supuesto que no tengo nada que discutir con él, le dije, sobre mi regreso a la ciudad. En este momento no hay nada que me expulse de esta isla, «pero han pasado casi seis meses, ¿hasta cuándo?». En realidad son cinco y será hasta que me provoque, le dije, luego de burlarme un poco del descaro de sus reclamos.

Tengo un diario con mis hallazgos, la foto de mis tatarabuelos y mi vida es una rutina que, después de reprochar porque mi alarma es una sierra eléctrica, empieza con un baño de mar. Cocino todos los días, a veces es demasiado para mi gusto, pero la glucosa está más estable que nunca y puedo respirar aire puro todo el tiempo. Tiene su precio, pero me sigue pareciendo bajo. Reconozco que a veces me canso de la soledad que hay en un mundo lleno de tantas preguntas. Incluso sumando mis paulatinos descubrimientos sigo sin entender razones de fondo. No es que le haya dicho nada de esto a Roberto. Tengo cada vez más curiosidad, aunque con cada respuesta se forma un escenario lleno de posibilidades, nada concluyente. No importa. En los interludios de mis regresiones ha habido otros planes, paseos al cayo, rondones de pensamiento en los que nadie piensa nada y solo bebemos, aventuras de playa, el hielo europeo que se derrite y se vuelve miel en el Caribe.

La insularidad me hizo un favor. Para variar, la comunicación de larga distancia llegaba entrecortada, aunque alcanzamos a colgar de buena gana. No culpo a ese hombre por mis decisiones, eso le dije. No sin antes darle las gracias por mi felicidad, le pedí el favor de no volver a llamar. Ahora aún más fastidioso que el acento continental, me parece el tono de voz de alguien con quien acepté el aburrimiento como estilo de vida durante años a cambio de una falsa seguridad.

Aquí mi aburrimiento es distinto porque permite placeres que son impensables en la ciudad. Es más frustración que otra cosa, debo hacer las paces con este lugar contradictorio, aparentemente vacío. La isla, la caja de resonancia, te da y te consume energía. Tic tac. Tic. Tac. El tiempo pesa. Un hombre se suicidó esta semana en el barrio, se cortó la arteria femoral. Se habrá desangrado en cuestión de minutos, una empleada de la casa lo encontró al día siguiente, en la cama cubierta de su caldo frío. Quizá ahora escuchemos de él, de sus problemas, pero ¿ya pa' qué?

Era un paciente psiquiátrico del hospital y hace tiempo que no hay medicinas tampoco en ese departamento. Incluso mi callejón parece guardarle luto, solo los obreros se mueven, las máquinas retumban, aunque con pereza.

El calor ha sido más húmedo los últimos días, la gente dice que va a llover en algún momento, pero hace rato estamos en plena temporada de lluvia y nada que cae en serio. La temperatura desespera. La semana pasada fueron dos las muertes por arma de fuego y los atracos a los turistas, incontables. Me advirtieron muchas veces de no andar sola por la Circunvalar, pero yo dudo que sea peor que muchos barrios de Ciudad de México. Mis paisanos, no todos comprenden. Como allá, en San Andrés la desigualdad es escandalosa, humillante.

Luego de vivir años en Bogotá, mi impresión de México era que era crudo, racista, cerrado. Lo que pasa es que no era consciente de que esa es una realidad que no distingue nacionalidades. En el mundo apenas un puñado de personas maneja los grandes volúmenes de capital. La pequeña cantidad al alcance de los ladrones de calle es insignificante, a las sumas que de verdad rompen los ciclos de pobreza no se llega a punta de miradas rayadas ni de intimidaciones primitivas. Hay gente que tiene ventajas, sí, hay que aprender, aprender y desaprender demasiadas cosas para competir, para ganarle a esa tendencia de que las pieles más blancas son las más afortunadas. Aquí los medios productivos pertenecen a una sección en especial de la población, una de la que mis padres hicieron parte brevemente, es una abundancia que ha ido cambiando de fuentes, desde la tenencia de la tierra, como en la época medieval, hacia la propiedad sobre los medios productivos: *Monopoly*, el comercio, la hotelería, las propiedades que generan rentas.

También los cargos públicos generan rentas, por supuesto, además de otros beneficios. Del *Coral Palace* dependen el ochenta por ciento de los empleados y parece que aquí todo el mundo tiene un contrato con la gobernación, que debe agradecer con una comisión al gobernador del treinta por ciento del valor total, más o menos. Y por supuesto, hay que hablar de la oscura celda de las actividades ilícitas, que tanto juega con la lógica económica de los individuos con hambre vieja. El lavado, el narcotráfico, el asalto a los dineros públicos. Allí está el grueso del billete y allá no llegan los rateritos de esquina por más paro que metan. Ellos al final son los que menos joden, *casualties*, títeres de una mafia, como daños colaterales en una guerra de la información: ¿qué sabes tú?

Nada, esos que viajan en los vuelos de bajo costo desde el continente, hacen una gira de raponeo y se van el mismo día; los que calculan operaciones para robar el dinero de los almacenes cuando va en camino al banco, esos no saben nada. Los que terminarán por bloquear las bodegas de los importadores porque viven en barriales, porque la plata para pavimentar se la han robado en situaciones sucesivas personas de esas que todos conocen con nombre y apellido, tampoco saben nada. La plata de los colegios se la roban personas de nombre y apellido, hasta con dirección registrada en la noósfera, ahora en la esquina roban desescolarizados descalzos, ¿qué saben ellos sobre las razones que los condujeron a ese desprestigio? El futuro, la visión del lumpen, tiene una extensión corta. El hambre es inmediata, la rabia no deja pensar. El odio aprieta el gatillo. Arriesgan poco los que no tienen nada, esos son los que están esperando que se forme el polvero, algunos se lamentan porque hace veinte años las peleas eran solo con botellas, de pronto con cuchillos, lloran porque hoy la muerte llega más fácil. ¿Qué sabes tú? Y cómo lo usas. Eso marca la raya.

Los nombres y apellidos, esos saben más o menos cómo es la vuelta, dónde está el dinero, qué necesita el dinero, y lo que hay que hacer para que otros paguen el costo de canalizarlo. A veces pienso que este caos es instrumento de todos esos intereses, la justificación perfecta para más edificios horribles, para más activos militares en la calle, para declaratorias de emergencia y contrataciones a dedo. Después de estos meses nada volverá a parecerme casual, todo lo que sucede obedece a una serie de causas, tal vez, hasta cierto punto, manipulables. ¿Qué sabemos de todo eso?

Hace semanas que no me cruzo con Rudy o con Nard, aunque nos escribimos de vez en cuando para tratar de definir posiciones respecto a lo que pasó con los bloqueos por el agua, por ejemplo. Se extendieron hasta otros barrios aunque no se llegó a bloquear ninguna vía principal, es decir, ninguna que afectara al turismo y al comercio. Nada pasa aún en esta zona del *North End*, aparte de que en un barrio popular alguien robó las llaves de acceso a los registros que dirigen el agua hacia cada sector. Por un momento, ese alguien se convirtió en un terrorista del cambio climático, o algo así. Ese anónimo pudo haber dejado al hospital sin agua, al aeropuerto, a la zona hotelera, en protesta por las condiciones de los más pobres. Seguramente no sabía cómo carajos hacerlo. No saben nada.

Las negociaciones comprometieron al gobierno a instalar dos plantas desalinizadoras cuyo flujo vaya hacia los barrios nativos, ¿pero cuánto creen que van a valer las cuentas del agua entonces?, les pregunté a mis amigos en algún momento. Serán costosas, como las que ya llegan hoy, aunque por lo menos existirá la ilusión de abrir la llave y que salga agua limpia, todo el tiempo. Ahora, después de pensarlo, les digo a los activistas, es probable que por eso el gobierno permitiera la continuidad de los bloqueos, porque necesitaba la oportunidad mediática, una declaratoria de emergencia para poder cuadrar de rapidez con algún amigo la venta de alguna planta mucho más costosa de lo necesario. Si sucede lo mismo que pasó con la planta incineradora de residuos sólidos y con la de tratamiento de aguas residuales, entonces jamás entrará en funcionamiento y se pudrirá hasta convertirse en un pedazo de chatarra muy caro.

En caso de que algún día lleguen esas máquinas, de que funcionen y de que no pase lo que usualmente pasa —nada—, todavía podremos lamentarnos de la dependencia, de que el desabastecimiento de agua sea un problema de sobrexplotación, un tema de exceso motivado en un sistema económico que no reparte su superávit, pero cuyos riesgos los asumen esos, los que no saben nada. Ser pobre es caro en cualquier ciudad, aquí era vivible. Ya no. Hay que tener billete para pagar el costo de vida más caro del país, hay que robar. Vuelve y empieza todo.

Rudy viajó. Nard y Jaime están ocupados con sus tesis de grado y sus clases universitarias. Juleen y Sami están concentrados en el trabajo, a ver si mi amiga por fin puede acabar de adecuar su posada. Jaime es un tipo intenso, con muchos temas siempre por discutir, bota palabras y palabras y sus conversaciones son como ir a una entrevista. Es mejor compañía que Roberto, al menos por la benévola fuerza de la novedad y por la fascinación que tenemos por San Andrés. No he visto a nadie últimamente. Tal vez los he evitado a todos, porque los trazos que se dibujan en mi mapa mental con cada pieza de información son cada vez más sombríos.

A veces vuelvo a sentirme como la adolescente encerrada, de espaldas al mundo entero, mi propia isla se ha expandido, sin duda, pero San Andrés vuelve a ocuparme la cabeza por completo, no existe nada más. Trato de mantener presente que no, que esto es un pedazo del mundo, que hay otros lugares con menos angustia, pero enseguida me acuerdo de que cualquier otra parte tiene, más visibles o no, más personales o no, sus propios lamentos. Yo tengo en el alma un mapa de cicatrices, me lo llevaré adonde vaya. Así funciona. Pienso en el suicida. Cuando la música se detiene y el mareo me deja, me inquieta un mal presagio, una esperanza íntima por lo peor. Que venga algo, que algo terrible nos salve, porque incluso después de la muerte estaré llevando mis dudas a la otra vida, adonde nazcamos de nuevo. Que el fin nos llegue, que le llegue a la alegre reproducción del egoísmo, así imagino la luz ahora, al modo del Caribe, luz cálida, al ocaso de un desastre.

El techo cruje, como mi cabeza con estos pensamientos. *Rrrrrsh, rrrrsh.* En México mi delirio era la ciudad, aquí, la isla. Pienso en el día que recibí el testamento de Torquel. Con los días de encierro, silencio, desvelo, identifiqué que la cosa que hace gemir al techo llega como a medianoche y las cinco es la última hora de la madrugada a la que se produce el arrastre desconocido.

Ayer subí la escalera desde el cuarto del servicio y la instalé en el baño de la habitación principal. Me puse pantalones largos y camisa manga larga, como si el lugar no fuera ya un horno, y entré por la claraboya destapada hacia el cielorraso.

Asomé primero el palo de la escoba, como si fuera un estandarte de guerra. Había mucha luz entrando por la teja plástica, ya toda acaramelada, derretida del solazo. Asomé la cabeza luego y vi un par de cajas cubiertas por una capa de polvo gruesa, se deshacen allí hace quién sabe cuánto, en la entraña de la casa, un lugar para mí todavía por conquistar, de ladrillos desnudos, maderas crudas y de temperatura de fundición. Es un desván, en realidad, quepo casi erguida en la zona media.

Fui primero hacia mi izquierda, cuidándome de no pisar la madera. Recordé que mi padre alguna vez dio un paso en falso y se cayó rompiendo todo el techo justo en la zona de mi habitación. El calor me hizo querer apurar, chorritos de sudor me cosquilleaban por todas partes. Me incliné para pasar por una abertura en una paredilla de ladrillos y me asomé de aquel lado. Tenía la expectativa de no ver nada en particular, de no ver horribles rasguños en la madera, de no encontrar algún objeto sospechoso, el rastro de un nido, pero sobre todo, de no encontrarme con una situación estructural que me comprometiera a seguir rogándoles a los trabajadores. Recorrí la sección de izquierda a derecha con la mirada y sentí pánico al ver precisamente lo que esperaba. No hay señales de animales, lo repaso ahora en mi cabeza mientras me refugio en las sábanas, *raaasss, troooc,* dice el techo todavía. Allá arriba no hay olor a rata, ni a nada que no sea polvo. Me limpié el sudor de los párpados y me devolví para cerciorarme. No hay tejas sueltas, ni siquiera corrientes de aire o filtraciones de luz más allá de la claraboya. No, no podría nadie meterse al cielorraso, como lo pensé también, que aquellos ruidos eran pasos y que ese era el estruendo de una familia entera escondiéndose de la OCCRE en mi techo. Me recorrió un escalofrío estando ahí, ¿qué tal que sí sea el *duppy*?, se me cruzó una mirada irlandesa y tuve la sensación de que se me iba a reventar la cabeza. Bajé aturdida, ahogada en el sudor. Salí a la terraza un momento a respirar, volví para quitar la escalera, cerré la puerta del baño y la de la habitación. ¿Tal vez sí pueda ser una iguana? *Craac. Craac, craac,* suena otra vez. Intento apartarlo de mi mente, abro la pantalla del computador.

Recibí un correo de Rudy. Le había comentado que sabía que en 1793 el virreinato hizo un primer censo en San Andrés, pero que no había podido encontrar ese documento. En el correo Rudy me saluda, me dice que tiene noticias y me adjunta dos archivos. Voy a los documentos antes de seguir leyendo.

Ahí está la versión digital del censo, un papel amarillo gastado que organiza con letra cursiva a las familias de la isla, empezando por la más numerosa, hasta la más pequeña. Una sensación de predestinación me recorre, leo que entre las 391 personas que se registraron estaban Don Torcuato Bowie, Sarah, «su mujer», sus cuatro hijos, dieciséis esclavos y el labrador de la tierra.

«Sarah», nombrada como la mujer del patriarca Abraham, te pronuncio, te invoco.

El censo, trece años después del relato del capitán náufrago, no sugiere nada sobre su origen, pero yo la siento, yo sé que era africana. Siento también que si había apenas treinta y siete familias, a nadie debió importarle demasiado que el segundo hombre más rico de una isla recién ocupada, sin pabellón ni religión, se casara como dice el libro del cachaco, con una de sus esclavas. Tengo un nombre para la abuela sobreviviente de la travesía trasatlántica, con la que me encontré en medio de la sed del bloqueo del *Barrack*. Siento alivio, aparto el computador un momento, mi cabeza oscila, feliz. Veo una red tejerse, veo los ojos de mi abuela a la que no le dijeron nada. He corregido un olvido por culpa de la Historia: Sarah, tus hijos no te olvidarán de nuevo.

Repaso un rato entre las líneas del censo. Hay varias Sarahs más, probablemente bautizadas así por la misma razón que mi antepasada, por la practicidad de los censores frente a los nombres africanos y por la conversión obligatoria al catolicismo. Hay también unos apellidos franceses que jamás he visto y que seguramente emigraron o se mezclaron más tarde hasta perderse. Cuántas historias mudas no podrían por fin decirse si el papel tuviera de verdad la facultad de actuar como testigo, cuántos espacios en blanco hay con cada pieza de información y qué sensación indescriptible es encontrar a otra más en mi constelación de muertos para el altar, sabiendo que un nuevo hallazgo, un dato anterior a 1793, es prácticamente imposible. En la rama de mi antepasada no habrá más nombres, no habrá más lenguas europeas y registros oficiales.

Torquel seguro era tremendo por condición de bautismo, con ese nombre noruego que significa dizque «el caldero ceremonial de Thor». Él habrá terminado en San Andrés, creo, en medio de la gran migración de jóvenes escoceses de mitad del siglo XVIII hacia el Caribe. Casi todos se fueron a Jamaica, a St. Kits o a Antigua. «La diáspora olvidada», la llama el profesor escocés-jamaiquino Geoff Palmer. Hay incluso un programa de retorno para los descendientes de los escoceses que migraron al mundo colonial, pero no para los hoy caribeños, sino para los estadounidenses, australianos y neozelandeses. Un Torquel Bowie que desembarca en una isla a la que estos recién llegados percibirían como desierta, seguro habría hecho lo que le daba la gana, sin importar las convenciones del resto del mundo, del resto del Caribe. Lo tendrían especialmente sin cuidado las consideraciones de la corona española sobre el alma «inexistente» de los esclavizados africanos, justificación encargada a la iglesia para prohibir las uniones entre «blancos» y «negros», por la amenaza que eso representaba para la estructura del proyecto productivo de la colonia. Eso ya no es razón para olvidarte, Sarah, mi Sarah.

Quiero responderle a Rudy dándole las gracias, pero el siguiente documento adjunto me distrae; es completamente diferente.

La Corte Internacional de Justicia ha admitido dos nuevas demandas en la larga disputa por las aguas al Este del Archipiélago. La corte revisará el siguiente reclamo de soberanía de Nicaragua, la pretensión sobre la plataforma continental extendida. Un enclave, eso es lo que seremos, acorralados por lo invisible. El petróleo, el petróleo es el único «negro» que hay en el Caribe, ilusiona a los hambrientos, ellos creen que los llama con furia, que busca salir de su descanso. A Nicaragua no le interesa nada más.

Rudy me envía una foto que no se ha podido descargar. Espero unos minutos. Está de frente a la canciller con la palma abierta, al fondo una bandera de Colombia. «Estoy en La Haya». *What?,* grito. No sabe si está de paso, lo nombraron asesor de asuntos étnicos de la Embajada de Colombia en Países Bajos. Tenemos representación de raizales en La Haya, o al menos eso puede decir ahora el Estado.

Pero Rudy no es raizal y ya puedo ver que esto será un drama. Se convocará una marcha para protestar por su nombramiento, aquí lo acusarán de ser un espía del Estado, y allá lo acusarán de ser un espía de los raizales. No le mostrarán todos los documentos, no lo invitarán a todas las reuniones. Los abogados franceses que nunca pisaron el Caribe suroccidental, los jueces chinos, rusos y africanos, los empleados del Señor Gobierno —como le dicen algunos ancianos indígenas al sistema con el que no se puede hablar nunca— no acogerán su tesis de buena gana.

De entrada, esa élite de la diplomacia colombiana en donde no existen los embajadores por concurso seguro recibe con asco las invitaciones que vienen de África o de estos países del nuevo mediterráneo. Rudy va a recabar pruebas con un grupo de enlace en la isla, me escribe. Volverá, pronto. Se despide y me deja el vínculo de un artículo académico sobre la pesca tradicional, la presencia de los primeros nativos en los bancos y cayos del Archipiélago, hace cuatrocientos años. Encaja perfectamente. Soberanía. El Estado argumentará que ha hecho soberanía a través de sus ciudadanos, esa será la tesis de la defensa y eso seremos los nativos, ahora sí es este nuestro territorio, somos elementos, como dicen los militares, elementos del Estado colombiano, que posee cayos y bancos y rocas; que desde allí traza límites, porque el espíritu nativo los conoce como a su propio reflejo. Ojalá hubiera coherencia y la protección contra la pérdida de las tierras fuera una diligencia activa del Gobierno, que hubiera educación y alternativas a la venta, que se apoyaran los juicios de pertenencia, que se reconstruyera la verdad tras los incendios de los 70. Es un sueño, sueño de isleña.

Cuando regrese, si regresa, puedo apostar que de Rudy siempre habrá sospechas. Será tratado como a un

agente doble por su viaje a Europa, porque las como-
didades pueden seducir a cualquiera, eso dirán. No es
que no fueran a recibir parecido a algún isleño que haya
trabajado con el Estado fuera de la isla, pero a él le van a
señalar haber nacido en la costa y si le va medianamente
bien, solo algunos de los que lo habrán apoyado se van a
ir en su contra, según sea la conveniencia. Esa es la suerte
de los redentores, no hay un final feliz, solo el tiempo los
puede reivindicar. Todo imaginé menos que Rudy estuviera ahora a tantos kilómetros, «es un llamado histórico»,
me diría.

Le agradezco, ahora sí, con la sorpresa de mi hallazgo
y de sus noticias. Espero leer más de él pronto, le pido
que no se olvide de que me he hecho adoptar como una
aprendiz. Continúo con las diligencias en línea.

*Miss Hazel, ¡buenas noches!*
*Soy Victoria Baruq, y en la biblioteca me sugirieron*
*ponerme en contacto con usted, a propósito de una pequeña*
*investigación que estoy haciendo sobre los apellidos Lynton*
*y Bowie, la migración irlandesa y escocesa a las islas. La*
*directora de la biblioteca me contó que en su obra hay*
*algunos personajes basados en ese flujo, y me encantaría*
*que me orientara para saber más detalles sobre mi genea-*
*logía. Agradezco cualquier comentario…*

Y me despido, gracias de nuevo, atentamente, etcétera. Paro. Van a ser las tres de la mañana y el ventilador
en la pared traquea un poco con una brisita que se
metió. Aparto todo y me acomodo la sábana encima de
las piernas calientes por el computador. Paso el monitor
por el sensor, la insulina lenta funcionó bien hoy y no
tengo recaídas. Estoy en ese estado delicioso a punto de
caer profunda, cuando mis paranoias se van a convertir
en sueños, y ¡bam!, suena una y dos veces un pito

desde lejos. Ahora más cerca. Siento un olor a mierda. Ah. Maldita sea. Es el camión que viene a desocupar el pozo séptico. ¿Qué sueño me espantaron? Me pregunto qué sentirán los demás cuando viene ese camión a sacar el agua servida y a botarla quién sabe dónde, ¿alguien duerme, a pesar del escándalo del motor, del chillido fatal del freno, tan memorable que es? Durará una media hora. Vuelvo a prender la luz de la mesita de noche, acerco el computador y con los ojos resentidos veo la bandeja de entrada, ahí está, todo en mayúsculas, la respuesta de Miss Hazel Robinson.

HOLA, VICTORIA. NO ME ENCUENTRO EN LA ISLA EN ESTE MOMENTO. YO CONOCÍ A SU ABUELA, Y AL VIEJO LYNTON, EN LA CASA DEL COLEGIO BOLIVARIANO. POR FAVOR, NO ME DIGA *MISS*, ESE CUENTO ME ABURRE.

TENGO INFORMACIÓN SOBRE SU ABUELO SOBRE TODO, MEMORIAS SOBRE SU TIENDA EN EL GOUGH, Y SU COMPETIDOR JUDÍO, RUBINSTEIN, EL QUE ACUÑÓ LA MONEDA. TAMBIÉN SOBRE LA FIRMA DE LA LEY DE INTENDENCIA, EN LA QUE PARTICIPÓ SU ABUELO COMO OTROS.

EL DÍA 21 DE NOVIEMBRE PUEDO RECIBIRLA EN MI DIRECCIÓN A LAS 10 DE LA MAÑANA, SI SIGUE EN LA ISLA Y NO TIENE NADA PLANEADO.

HASTA QUE NOS ENCONTREMOS, LE ENVÍO ALGO QUE ES DE SU INTERÉS.

«No me diga Miss» me saca una risita. Hay un archivo adjunto, que empiezo a descargar. Imagino a Hazel como recuerdo a mi abuela y creo que hasta le pongo su voz, así con las erres anglo, como las de Josephine. Se ha descargado el documento, abro. Me miran los ojos claros, las orejas grandes y el bigote blanco de mi tatarabuelo que entrona una amplia sonrisa. Ahora está vestido de traje negro, corbata y camisa de cuello blanco, con la cadenita de un reloj de bolsillo que pende del ojal del saco y, en el brazo, una iguana larga deja caer la cola hasta el suelo. Un nervioso *crac crac crac*, el saludo en el techo me corta la respiración, *rrrsssh, rrrsh,* se me tiempla el cuello. Salto al sentir un corrientazo, mis pelos espantados, la luz se apaga y los estabilizadores de voltaje crujen, queda iluminada la foto, el estoicismo del reptil, la mirada chispeante del jamaiquino. Del mundo afuera, el ruido del motor.

# X. EL CARIBE SUROCCIDENTAL

Desde estos treinta metros mar adentro veo la espina del caballito. Parece que no hubiera un alma a mi alrededor. Si no fuera por la estela negra podría imaginar que nado en las aguas de una isla desierta, de una isla feliz. Tan denso ese humo, tan brillante el entorno, que esas dos cosas que no combinan son una señal de los tiempos.

Hace tres días empezó a arder un gran incendio en el basurero. Aunque no se ha podido apagar, las autoridades dicen que está bajo control. Una horrible columna negra se alzó manchando el cielo sin nubes casi todo el trayecto en bicicleta por la Circunvalar. El noreste está soplando duro y eso complica el regreso, así que es poco lo que he pedaleado estas semanas.

Hoy no hay brisa, no sé si eso ayude a que el fuego no se siga esparciendo entre las tres colinas de basura, pero para mí es bueno porque pude volver al mar. Hace un par de semanas tuve una alergia muy fuerte y decidí que no volvería a la playa de *Spratt Bight*, donde desembocan varios desagües del alcantarillado del sector hotelero. Me hartaron los turistas y los vendedores que ofrecen coco, cocteles, carpas, trenzas, masajes, motos de agua, tours, joyas y vergas grandes y negras. Me hartaron los residentes con ganas de averiguarle a uno la vida. Aquí, de otro lado, sobre la pequeña plataforma de cemento desde la que salté, hay varios condones usados, bollitos de papel y una toalla higiénica arrugada. Huele a orines de trago hervidos por el sol. Hay incontables latas de cerveza y botellas rondadas por mosquitas pequeñas, cartones de guaro, todo en un radio bastante amplio, sobre los escalones, al pie de los arbustos. Tuve que contener la respiración para no sentir arcadas. No quiero también hacerlo yo como todos, pero maldigo a la gente. Me largo, me voy. Pero miré hacia el mar, puro y enorme, con sus pececitos de colores. Ya estoy aquí, ya vine, ¿cómo resistirme?

Tan pronto me di cuenta de que el platanal no se sacudía contra la verja, salté de la cama emocionada por volver aquí. Me pasé el sensor por el brazo, me inyecté, comí algo y en una media hora ya estaba en el kilómetro diez. Vine con urgencia. Quería ver el humo tras sobrepasar la parte trasera de la pista de aterrizaje, en este punto lo veo de nuevo entre el follaje seco de almendros y jobos. No me aterraría si escucho una explosión de repente y entráramos en una emergencia sanitaria. Cuando llegué saqué el sensor del bolso y me medí la glucosa tras la pedaleada. Estoy en 103, es bueno. Destapé un jugo, diez gramos de azúcar. Me cambié el top deportivo por el bikini esperando que no hubiera nadie mirando, saqué de la canasta el esnórquel y las aletas. La otra cara del día sin brisa, en que puedo pedalear más rápido, es que me muero de calor. Después de asegurar la bicicleta a una palmera, me tiré al agua sin mirar hacia los lados, *jump!* Asusté a los pececitos que nadaban cerca de la superficie. El mar fresco me abraza, nadar, nadar y seguir nadando, buscar refugio.

Incluso si no viera el incendio desde aquí, para sentir paz tendría que ignorar que por el camino de once kilómetros casi me atropellan dos camiones de aguas negras, dirigiéndose hacia esta zona de la isla para descargar, y que es muy probable que ahora esté literalmente nadando en mi propia mierda. Arrugo la boca. No creo que la contaminación sea peor que en el *North End*, en todo caso. Me sumerjo un ratico. Aquí no huele a la gasolina que dejan las motos de agua, no está la bulla de la clase de aeróbicos de la peatonal y no veo latas ni tapas en el fondo, ni aceite de bronceador flotando entre las algas. Lo más importante es que estoy sola.

Por un instante me olvido de todo, mi cuerpo se hunde. Mi mamá hubiera insistido en los tiburones, en las barracudas, esta zona no tiene la protección de la barrera coralina y cualquier depredador podría estar merodeando mis piernas inquietas, diría ella y más en este cantil de veinte metros de profundidad. Miedo, miedo, siempre miedo. Hace dos semanas encontraron a un caimán de Centroamérica perdido por aquí. Es más probable que me arrolle una lancha, sin embargo, o que me mate la caída de un coco como le pasó a una turista en estos días, que sufrir, por ejemplo, el ataque de un tiburón como el punta negra que vi huyendo de mí rápidamente hace unos días en la barrera de coral. La probabilidad de morir no es aterradora, sino muy interesante. Aterrador es enfermarme hasta la invalidez, tener que quedarme en la cama de un hospital un día tras otro, inconsciente, esperando entre pesadillas mientras mi cuerpo es asistido para que acabe con el azúcar de días, con los miedos de años, con los secretos de todos los que me parieron poco a poco, una generación tras otra. No quiero pensar en esos días terribles, en mi diabético debut. Todo lo que me dijeron después de mi salida del hospital, eso sí me asusta, no los tiburones ni la gente que tiene rabia.

Me preparo y respiro hondo, acumulo una gran bocanada y aparto el caucho del esnórquel. La superficie está tan quieta que, si no me muevo mucho, puedo ver el fondo con sus detalles, giro hacia abajo y me sumerjo un par de metros. En comparación con el Trono o *Little Reef*, este paraje está deshabitado, pero ahora veo algo que se lleva mis dilemas en sus alas, avanzando hacia el sur, un ángel gris de puntitos blancos, una mantarraya águila. Quiero seguirla, lenta y relajada, en cualquier momento puede dispararse y desaparecer como un rayo. Yo voy avanzando entre haces de colores, el agua se enfría hacia el fondo arenoso de este cantil y si giro 180 grados, el azul oscuro me absorbe. Este ser misterioso, tal vez un macho o una joven de un metro y algo de ancho, cambia de rumbo hacia la derecha, hacia el oeste. «Transgresora», podría llegar hasta Nicaragua en un abrir y cerrar de ojos, tendría que decir que es de allá, sacar pasaporte, o la condenan. Un arponero la condenaría por mucho menos, supongo, y me da tristeza. Me detengo, miro hacia su destino, el océano inabarcable, que está delante mío. El aire ya me empuja de nuevo hacia arriba, tengo que irme de este mundo surreal. Casi se me acaba el aliento y las burbujas salen disparadas, me muevo acariciada por el agua fría, ondeando la cadera con las piernas juntas y abriendo espacio con mis brazos, en un clavado ascendente, en espiral. Me asimila un paisaje conmovedor, silencioso, un espacio aparentemente privado en el que no soy casi nada y soy una cosa con todo.

El mar ya cumplió conmigo, he recorrido el camino que me tendió desde el primer día que volví a su vientre. Me sacudo el agua de la nariz y la boca, respiro.

Siento el calorcito, el sol sigue subiendo, mis piernas se mueven aún más aceleradas, ya debo salir, pronto serán las diez. Miro hacia la costa, nadie se ha asomado todavía, pero de aquí a poco llegarán los turistas del centro de buceo, los cazadores del insaciable invasor, el pez león, y los voluntarios para las jornadas de limpieza submarina. La estela de humo sigue ahí, no se ha ido, la isla se ve sedienta, sus vetas de color marrón cada vez más grandes. No veo ni un solo vehículo a lo largo de esta parte de la Circunvalar, es una de esas situaciones en las que podría pasarme cualquier cosa y nadie jamás se enteraría. Con que yo lo supiera, con que fuera consciente de la despedida un instante antes de irme, sería suficiente.

Lo sé, al mar no se va sola. Las inmersiones, por superficiales que sean, siempre deben hacerse con compañía, sino ¿quién me sacaría de las profundidades, si se me revienta un tímpano o si tengo un calambre? Bah, qué me importa, volvería a bajar ahora mismo hasta donde sienta que el peso del agua me aplasta y tal vez me despida ahogada, un fin bastante más poético que sufrir un coma, que llevar una vida sin alguna de mis extremidades o en la ceguera. Mi piel débil reprocha un poco, voy nadando de regreso a la roca, una brazada, otra brazada, sintiendo el cuerpo suavizado por la profundidad y la cabeza ligera. Unos minutos más y estaré frente a la escalera de roca, miro entre el agua a ver si hay erizos negros, piso con cuidado y emerjo, totalmente refrescada, a la visión de los condones usados.

San Andrés es así, caliente y lujuriosa, es lo natural, ¿pero por qué tiene que ser así de indecente? ¿Por qué no pueden dos personas, o tres, o qué sé yo, tener el orgasmo de sus vidas entre los arbustos y a orillas del mar, y después recoger los *fuckin'* condones? Me emputo. Me pongo unas chancletas que traje y alcanzo la toalla de la canasta de la bicicleta, busco el monitor del bolsillo de la mochila y dejo la máscara y las aletas. Miro hacia el sensor en mi brazo… *fuck!* El sensor no está, se despegó, lo perdí otra vez, como el que se me cayó en la ida a la barrera. No traje mi glucómetro, soy una idiota. Maldita gente que no se ama, los maldigo aunque no tengan nada que ver.

Estos dos descuidos son como un mes de pincharme los dedos. Calculo que debería tomar el energizante que traje, comer la torta de banano que compré ayer en una *fair table* y prepararme para regresar. Un poco nerviosa, me quedo de pie en uno de los escalones de la plataforma, el menos inmundo, mirando hacia esa línea horizontal. Respiro profundo y cierro los ojos un momento. Tengo el pulso acelerado, «la glucosa debe estar por debajo de 130 miligramos sobre decilitros y por encima de 70, o puedo desmayarme», el credo, el credo otra vez. Todo estará bien, pienso, calculo que son como tres raciones de carbohidratos lo que tengo y que debo estar ligeramente por debajo de 90, así que van unas seis unidades de insulina con el pinchazo en el abdomen. Si me paso, se me bajará demasiado la glucosa, si no me inyecto lo suficiente, subirá como esa horrible nube. Mastico la torta que ya es más como un puré tibio entre el papel aluminio, se me ocurren cosas mientras me apuro, ¿cómo pude pensar alguna vez que esa línea era como una sucesión infinita de barrotes? ¿Qué pensaría alguien del tiempo de mi tátara-tatarabuelo sobre esa nube negra, que ya empieza a verse desde el norte también? Si alguien es trasplantado del pasado a este momento, ¿qué sentiría? A veces creo que puedo experimentar eso, el aterro constante de un recién llegado, un desubique total, el de alguien a quien el tiempo secuestró y escupió en otra parte. ¿De qué sirven los recuerdos que no se actualizan? ¿Sirve aferrarse a lo que ya no puede volver? Y nada puede volver, entonces, recordar se convierte en una maldición, como cuando añoro la simplicidad de mi vida sin diabetes. Tal vez si me borraran la memoria no me molestaría tener que calcular siempre. Quizá esté cerca de un estado de aceptación, de entrega. Todo se satura, como en mi cuerpo y, con el cambio, agonizan cosas y van naciendo otras. Paso el último bocado, el mar está como cuando se acerca una tormenta, plano, un espejo perfecto del cielo partido por el nubarrón. Allá van, evaporados, los platos desechables, las bolsas plásticas que dicen «*Thank You*». Saco la bicicleta a la carretera, antes de pedalear me despido del mar y echo otra mirada alrededor, deseando que no se haya reventado ninguno de estos condones y que esta gente no se reproduzca.

Llego a mi callejón de nuevo, suena un mensaje de Juleen: ¿no me he metido a redes sociales? No, no quiero, sé que nada de lo que veré será bueno, la isla que alcanzo a ver ya me perturba lo suficiente. La camioneta de los militares obstruye la entrada a mi casa, me ofusca. Me detengo en la mitad del callejón, empapada de sudor, y contesto.

VB: What's up, Jules?
JB: El bloqueo en el centro, yo deh, mamita? Donde estas?
VB: Vengo entrando a mi casa, ¿what bloqueo de qué?
JB: Ven a la 20 de julio con Américas…
VB: Quiero terminar de leer el artículo que salió sobre las licencias de construcción, Jules, ¡dime qué onda!
JB: Come now, Victoria gyal! Move the baty!

Me envía una foto, unos viejos de turbantes bloquearon el cruce principal y otro puñado está sentado debajo de carpas, un viejo con un megáfono parece gritar.

VB: Mi foc! Está bien, ya voy para allá.

Mientras guardo la bicicleta en la terraza, de rapidez, suena la reja de enfrente. Un hombre de uniforme azul y lentes muy oscuros me sonríe, le devuelvo el saludo y entro a la casa a buscar el estuche del glucómetro. El sensor nuevo está en el clóset, me quedan dos sets. Hace dos meses me pasó; suspendieron el envío de mercancías a San Andrés desde el continente por unos días, ninguna empresa estaba despachando y tuve que ser diabética a la antigua por dos semanas antes de que se normalizara la situación, ocasionada por una alerta de envíos de coca. Se acabaron las salidas al mar.

Me ducho rápido aunque asumo que el bloqueo, si es tan serio como parece, no se va a ir a ninguna parte. Me pongo un jean, unos tenis blancos y una camiseta que dice *Revolution begins inside*. Me cepillo los dientes y abro el kit del sensor, armo el aplicador transparente que lo contiene y lo presiono contra mi hombro derecho. Siento el pinchazo de la agujita, que con el clic sé que ha quedado bien puesta. Paso el monitor para activar el sensor, pasarán doce horas antes de que pueda prescindir de nuevo del glucómetro. Viviré. Me limpio las manos y me pincho, esta vez el dedo anular; 100 y descendiendo. Corro. Me inyecto con 6 unidades de insulina, debo comer algo, preparo un batido que vale por cuatro raciones de carbohidratos, saco un arroz de ayer de la nevera, lo mastico rápido y luego alisto una bolsita con nueces, fruta, otra bebida energizante.

En poco tiempo salgo de nuevo al callejón. Hay bulla enfrente, el piloto me habla, «¿vas para el centro?», ahora sí sonrío, pregunta que si me lleva, claro, si no es problema. Me subo en el puesto de adelante y veo a otros dos hombres asomarse curiosos desde la sala de la casa. El hombre, un oficial, me dice que va para la base de la Fuerza Aérea un momento, al lado del aeropuerto, yo le doy las gracias y le digo que donde me deje está bien. Me hace conversación, me ha estado observando. Todos observamos.

—Llegaste hace poco, ¿cierto? No te había visto por aquí —dice con tono fuerte pero amable.

—Sí, yo no los había visto a ustedes tampoco —corregí.

—Ah, nosotros siempre estamos rotando, esta es la segunda vez que vengo a San Andrés. La última vez que vine esa casa estaba desocupada, creo, ¿de dónde eres tú? —dijo el hombre, la curiosidad me hace voltear a repararlo mejor. Está afeitado a ras, tiene el cabello liso y peinado de medio lado, los brazos son trabajados en gimnasio, el pecho también. No lleva argolla. Quizá él todavía piense que la gente blanca viene siempre de otra parte.

Le cuento con pereza que nací aquí, en esa misma calle en la que ahora se quedan sus oficiales, escandalosos sobre todo durante las tardes de videojuegos y fútbol. «Y ustedes, ¿cada cuánto vienen?». Normalmente cada año, o menos, cumplen alguna misión y de aquí los mandan a otra base. En esa casa vivía una amiga de la infancia, la conozco bien, «¡es curioso que haya militares en el callejón!», digo, cuando en realidad quiero decir que es insoportable.

—Debe ser, me imagino —responde el tipo de buena gana—, estamos aquí patrullando el meridiano 82, el mar que Nicaragua nos quiere quitar.

El mar que perdió Colombia, una pérdida que no se reconocerá nunca. Esa es la misión, dice con orgullo, proteger el azul de la bandera. No es un color en una bandera, es la entidad más importante para… para mí. La gente de isla no cree que el mar sea el ínter entre el oro y la sangre, el amarillo y el rojo. Esa visión es la del continente, desde la pérdida territorial «hay que cuidar al archipiélago de los colombianos, el que nos pertenece a todos», como dice el piloto. Vamos pasando la cabecera de la pista y sé que pronto tendré que bajarme, pero él insiste en llevarme hasta la 20 de julio, son apenas un par de cuadras, dice.

—Me imagino que todo eso del patrullaje es a raíz de la presencia militar de los nicaragüenses en esa zona gris.

—Esa situación es complicada, los nicaragüenses y los hondureños pescan ahí, sobreexplotan la reserva de biosfera, no respetan las vedas —me agrada que se refiera a la *Seaflower*—, si nosotros vemos algo lo reportamos enseguida y los elementos de la Armada deben iniciar una labor de interceptación, desde la base en Albuquerque o desde la embarcación más cercana.

—Yo estoy de vacaciones aquí, vacaciones largas, me estoy enterando de muchas cosas hasta ahora, aunque leo todo lo que encuentro sobre lo de Nicaragua, no le veo salida cercana —el capitán se aclara la garganta, me dice que averigüe sobre el canal interoceánico que quieren construir los chinos, el que va a dañar el lago más grande de Centroamérica. Hace poco una periodista lo entrevistó sobre su perspectiva, el artículo debería publicarse este fin de semana, me dice.

—Sé sobre el canal, pero no parece viable, ¿para qué otro canal, si acaban de ampliar las exclusas del Canal de Panamá?

Seguramente es una fachada para operaciones militares, pero también para la minería. El semáforo de Cinco Esquinas cambia y le aviso que no podrá avanzar más, el centro está bloqueado por un grupo de raizales. «Bueno, ¿quién más para proteger lo propio?», me sorprende su reacción, «pero el peligro real está allí afuera». Le doy las gracias al Capitán del Aire. «¡Suerte, vecina!», se despide.

Camino hacia el bloqueo, a mi lado van unos turistas, algunos residentes se suben con las motos a los andenes, las vendedoras trozudas de los almacenes están asomadas con las caderas quebradas sobre una pierna y de brazos cruzados. Imaginaba más gente. Los manifestantes no llegan a las treinta personas.

—¿Y entonces? —encuentro a Juleen también de brazos cruzados tan pronto levanto la cinta amarilla de peligro que delimita la ocupación—. ¿Y por qué es el bloqueo?

Juleen me saluda de beso, está seria, tiene actitud de distancia frente a los señores que gritan al megáfono.

—Lo del agua no se resolvió nunca, ya sabes, y además la organización está pidiendo soluciones a la crisis poblacional.

Ya el número de nacimientos por día no da más, el hospital no tiene cómo atenderlos y para colmo la empresa que lo opera ha anunciado que no renovará el contrato, está en quiebra. Las mamás que pueden se van, salen a dar a luz afuera, ¿y así qué futuro tiene el pueblo raizal? Juleen se cuestiona en voz alta, yo no tengo respuestas, me avergüenza. En Providencia hace tiempo que nadie nace y aquí lentamente será igual, salvo para los irregulares, que no tienen más alternativa que arriesgarse a parir aquí.

—¡No queremos más turistas, no los queremos más! —grita un viejito flaco que sostiene un megáfono, con una camiseta que dice s.o.s

Hay que pensar en otra forma de abordar el problema de la sobrepoblación, le hablo a Juleen, no solamente es el turismo y tampoco son solamente los inmigrantes, también es eso, los nacimientos diarios desbordados. Más aún, hay un problema de infraestructura, de eficiencia en servicios públicos, toca repartirse lo poco que hay porque el dinero para ser eficientes se lo reparten las ratas. Al lado mío, una familia de turistas con su estética de colores levanta la cinta plástica, unos argentinos toman fotos, «no al turismo depredador», grita el viejo. Varios turcos se asoman desde sus locales, el bloqueo les quitará varias ventas en el día, «¡fuera Colombia de aquí!, *gimme back mi land! ¡Exigimos una solución ya a la sobrepoblación!*», se escucha. Siento confusión y un poco de vergüenza por los turistas que pasan. Dudo un poco. El resentimiento no es el mejor discurso, aunque las razones sobren. No veo jóvenes participando, apenas algunos abuelos se sientan bajo una carpa blanca puesta a un costado de la calle. Un par de periodistas se acercan al almirante, que llegó a pie de uniforme caqui, bajando por la 20 de julio. Yo misma no participaría, no en estas condiciones.

—Ese señor siempre dice lo mismo, ¿quieres tú el megáfono? —me reta Juleen de la nada, como si me hubiera leído el pensamiento.

—Pues tú sí deberías cogerlo, amiga —le devuelvo.

—¡Ja! Voy a pensarlo, pero por ahora tengo que volver a la otra esclavitud, a arreglar daños en la posada, mija.

Yo también tengo que irme. Miro hacia los pocos manifestantes, un pelao alto de piel trigueña y rasgos finos se acerca y nos regala la última edición de *El Isleño*, el periódico local. La portada es una foto a blanco y negro de la incineradora de residuos sólidos, una máquina alta con un tubo frontal, representada con orejas y trompa de elefante. Suelto una risita, *wuoy!*, dice Juleen, «¡por fin!». Es justo así este lugar, una dimensión en la que el humor es un salvavidas, un recurso vital de interpretación. Aquí está el artículo sobre las licencias de construcción, comento, en el sur construirán un hotel enorme en zona rural, a pesar de que esta es una isla sin ningún plan de seguridad alimentaria. Mi amiga tuerce la boca. Se supone que la Corte Constitucional prohibió las licencias de construcción en San Andrés desde el 94, hasta que no se entregara la planta de tratamiento de aguas residuales y se construyera el alcantarillado, leo de rapidez.

—¿Y tú has visto que tenemos alguna de esas dos cosas?

—No —responde Juleen.

—¿Y tú has visto que han dejado de construir?

—¡Nooo! —y tuerce los ojos de nuevo.

—*Dat da dat* —le digo—. Son ilegales, Juleen,

técnicamente, todas las construcciones nuevas son ilegales, piratas, amiga, el lavado, el billete, el Caribe suroccidental... —me agarro la cara.

—¿Y adónde vamos a llegar con eso? ¿Será que sí va a pasar algo publicando esta información?

Es una buena pregunta. Yo tampoco sé si hay caso. El sufrimiento del anciano encorvado me conmueve y me da lástima. Quisiera, sueño, pensar que el problema es que en medios nacionales no hay noticias sobre esta terca bola de concreto que rueda y rueda y que nos va a aplastar, que la forma de ver estas islas sigue siendo la de la colonia, un trozo de tierra sin contenido que se puede ocupar pedazo a pedazo con cálculos hechos a distancia. Eso nos está condenando. Funcionar como funciona un país continental es un absurdo, tal vez el naufragio no es inminente, si repensamos a las islas y saneamos un marco social concebido para la explotación. Una fórmula mágica. Pero lo digo de boca para afuera y me corrijo, tiene que joderse todo, porque el altruismo y la igno-rancia no combinan y hace tiempo que nadie sabe para dónde es que va esto, esta isla, este mundo que está todo muy parecido.

Mi amiga se acomoda las trenzas, no le gusta que hable así, pero es la verdad. Nadie va a hacer lo que estos viejos anhelan, que se lleven en barcos a los continentales de una vez por todas, que les den a ellos un poder por encima del que tiene el departamento, una supremacía étnica basada en la sangre y que volvamos a una economía de subsistencia. Volver a ese pasado es imposible, si tan solo el amor fluyera por las venas y más gente pudiera imaginar la salida. «Nada, mija», le digo, «yo leeré para entender, para que no me vean la cara de estúpida», esos, los que tienen nombre y apellido, que firman contratos y negocian con el bienestar de la mayoría, una mayoría de la que vine a hacer parte.

Yo también encontraré la forma de hacer algo, lo haré para poder dormir, para que no me regañen los *dupies*. Quizá me estoy volviendo loca, Juleen se ríe sin ganas.

Me voy. Esto es personal, pienso mientras camino hacia la esquina del restaurante que hace décadas deja la cuadra oliendo a grasa de pollo. Me encuentro de frente con la estatua de la negra comiendo helado, que empina el culo sentada en la banca en la que se hacen los turistas a tomarse fotos con ella. Y estas son nuestras inversiones en infraestructura, pienso, ¿o en cultura? Esa es la representación de la mujer isleña. ¡Joder! «¡Moto!», grito cuando veo un tipo con mangas largas y casco.

Soy una pasajera profesional de mototaxis, sin duda. «Hola, amigo», este hombre no sabe ubicar la dirección que le doy, o sea que no tiene occre. Aprovecho y le pregunto por el bloqueo, pero no habla mucho, solo se queja de que no dejan pasar y acelera. De vuelta en mi callejón de Sarie Bay le pago los dos mil pesos y meto la mano para sacar las llaves del fondo de la mochila. El piloto no se demoró mucho en la base tampoco, ahí está la camioneta, bloqueándome a mí. La puerta de enfrente está abierta, me fijo disimuladamente mientras giro la chapa de la reja blanca, abro la puerta y un recibo que me dejaron entre la reja cae al piso de la terraza, *wat di hell!* Es la cuenta de luz más cara que he recibido. Escucho el ruido de pasos acelerados y antes de que yo cierre la puerta de madera, empieza a salir una secuencia de muñequitos en overol color verde oliva, todos con lentes de sol negros. Son cuatro o cinco hombres que esperan impacientes. Imagino las rutas de vuelo en esos maletines, el último en salir es el capitán que me llevó. Va con prisa, los pasos los da largos con la mirada fija en algún punto del suelo, lleva la mandíbula apretada, como quien hace una compleja operación mentalmente. Es el alfa. Pisa con sus zapatos impecables sobre el andén repleto de cayenas marchitas y voltea hacia mí antes de abrir la puerta de la camioneta, metido también en el overol verde oliva.

—Señorita —dice muy serio.

—¿Capitán? —respondo. Y se van.

# XI. CREOLES Y LLUVIA

Se acaba noviembre y las brisas hacen que la casa tiemble. El calor es una incomodidad del pasado, ya las baldosas están frías y anoche tuve que sacar del clóset uno de los cubrecamas rosados de mi mamá para poder dormir. Ayer volaron por el aire las tejas de un vecino.

Estar pendiente de México, de eso que llamaba trabajo, ha sido cada vez más difícil. Hay dos renovaciones grandes pendientes que han costado tiempo y tengo la sensación de que pronto mi amiga querrá aumentar su parte de las comisiones si yo sigo en esta estadía temporal e indefinida. Estamos en mundos distintos. Quizá debería vender mi cartera de negocios completa y cortar con todo, tomar una decisión y seguir ahondando en este que es mi punto de partida. Podría empezar a vivir descargando lastres, empezaría otra vez con los seguros aquí, repetiría una historia familiar, pero sé que al poco tiempo querré irme con las mismas ganas de la adolescencia. Quizá deba hacer algo propio, darles un camino a estas líneas, otro más que guardarlas para regresar a ellas cuando sea vieja, cuando lo haya olvidado todo de nuevo y en mis recuerdos esto sea apenas un suspiro, un lapso de desorientación. Primero, sin embargo, debo sobrevivir a mí misma.

Soy la isla otra vez, isleña con todos los enredos y las románticas fantasías. En alguna de todas esas aventuras que emprendemos, tal vez imaginemos juntos algo transformador. Eso es un consuelo para mí, que tengo un cuerpo así como esto, un sistema en *auto hacking*, bajo un comando perpetuo de mover los engranajes en el sentido errado. Siendo parte de esta dimensión tropical, me siento débil. Por estos días no ha habido máquina o régimen que me regule como para detener la hipoglucemia de las madrugadas, cuando el *duppy* no para de moverse, y mi mente, de elucubrar desenlaces para esta historia. La casa me sigue atrapando, salgo cada vez menos, pero quizá estar aquí no me hace bien tampoco y entonces es probable que no haya ningún lugar en el mundo en el que pueda escapar de las recaídas, en el que las esquinas sonrían una tras otra.

Imaginar un fin hermoso me cuesta cada vez más, la imagen de una cruzada de amantes tomando el control es cada vez más insostenible, ahora que la isla entera me parece un naufragio como el que encontré hace poco entre mis tinieblas. Todavía tengo en la computadora abierto el documento con el que me enteré de la muerte del papá de Rebecca, un día en que el internet quería funcionar.

Puse entre comillas el nombre de James Duncan Bowie. El buscador me mostró solamente un resultado, era la transcripción de audiencias de una demanda de reclamación de seguros. Duré horas leyendo el documento, entretenida con las intervenciones de parte y parte, como quien lee una buena novela. No habría un tema que esta nieta suya pudiera entender mejor.

Una goleta en la que viajaba J. Bowie, la *Argonaut*, naufragó entre San Andrés y Bocas del Toro, a pocas horas del zarpe. El capitán del navío defendía su reclamación frente a la compañía que, con razón, negaba la existencia de interés asegurable. Cedí a una risa incontrolable hasta las lágrimas, cuando leí el caso por primera vez, conocido en la corte de Maryland, en 1837, pensando que hace doscientos años ya existía lo que yo ya veía como un oficio continental, foráneo y nuevo, el mío. Me reí sabiendo que, para mi fortuna, la mención de Bowie en esta escritura de Baltimore obedece a una «razón inexplicable», como dice el documento. El capitán se confundió; puso entre la lista de testigos el nombre de James, único desaparecido en el naufragio, en vez del nombre de su padre, «Torquil» Bowie, «gobernador o persona principal de la isla de St. Andreas, padre del supercargo ahogado en el mar en medio de la emergencia». No sé cómo un capitán puede confundir así al gobernador de su isla con el tripulante muerto en el accidente, no sé, es cosa de *duppies.*

Imagino a un James Bowie joven, a cargo de las compras en los puertos y ciudades, haciendo diligencias en Limón y en Kingston, a lo largo y ancho de la nación creole. Me hacía falta en la familia un navegante, que el nieto de un escocés casado con una mujer africana anduviera en altamar entre su isla, Estados Unidos y todo el Caribe suroccidental, en un momento en el que navegar sería la expresión máxima de la libertad del espíritu humano, como el mar, sin fronteras reales, apenas cohibido por ficciones fracasadas. Hacía falta que tuviera una muerte repentina y trágica, que una tátara-tataranieta lo reconociera por una póliza de seguros que no estaba vigente.

Este es un caso como el que tuve en la ciudad, el día en el que me desmayé llegando al apartamento de mi ex. Un cliente pretendía pagar con retraso una póliza de daños materiales, después de que ya se había incendiado el edificio. Me divierte, niego con la cabeza. Es absurdo. El capitán de la goleta pretendía que le indemnizaran con una póliza que no cubría realmente una goleta, sino su naufragio. Esta es de esas cosas que podría cuestionar, pienso, de esas coincidencias en el hoyo de la iguana del *obiamán*. Ya sé que es inútil, además de muy aburrido, intentar comprender el flujo de cosas en esta isla de una manera estrictamente racional. Es una forma que tiene el *duppy* de decirme que las cosas están disponibles para el que quiera buscarlas, que es una labor mía reivindicar las historias, las Historias. Pienso que para eso pueden servir las cosas que escribo, aunque mi relato parece inverosímil. Los isleños lo encontrarían normal, poco extraordinario, y los foráneos, rebuscado. Me detengo. Es hora del credo, reviso mi monitor. Contra el techo empiezan a reventar, como balas, al fin, gotas de agua.

★

La señal de telefonía y datos se ha vuelto aún más intermitente, la tormenta no ha parado. Hace tres días los truenos hacen temblar toda la casa.

«Esta noche juega mi equipo contra el tuyo». En la mañana Jaime me escribió, aunque hasta ahora, al mediodía, cuando por fin amainó un poco, suena el timbre del celular. Su vuelo llega por la tarde, si es que llega. «¡Vaya, vaya! ¡Tu equipo!». Me burlo del cachaco, que me pregunta si se me antoja algo de Bogotá. De haber sabido antes que estaba de viaje le hubiera encargado los sensores, pero ahora es demasiado tarde. Es la época del básquet, hoy sábado con todo y lluvia juega el equipo del *Barrack* contra el del *North End*. «Podemos hacer algo en mi casa, si quieres». No tengo ganas de ir a ningún lado, San Andrés con lluvia es insufrible.

Me sorprende la normalidad de la operación aérea. Jaime timbra pasadas las seis, con cara de pajarito mojado. Esta tarde ni siquiera lloviznó, hasta que una ráfaga estremeció los tejados y enseguida se botó el cántaro entero. No recordaba cómo son de estridentes las tormentas del Caribe. Todos los vuelos se retrasan y los turistas, confundidos porque aquí también llueve y hace frío, se refugian en el aeropuerto donde a veces llueve más que afuera. Recibo al cachaco y hago que se quite los zapatos. Deja la mochila grande en la terraza y sigue por el pasillo, al lado del comedor, y hacia el patio, donde se quita la camiseta.

Tiene el pecho bronceado y afeitado, firme, el tatuaje le llega hasta el hombro. Me mira entre sus pestañas rizadas, le alcanzo una toalla, «puedes bañarte, si quieres». El pantalón chorrea empapado y sin ninguna advertencia se desabrocha el botón, se saca la correa y se lo quita. Sonrío y sin mirarlo de nuevo le doy la espalda para subir hacia el baño. Me muerdo los labios. Le dejo otra toalla seca colgada al lado de la ducha, lo llamo desde arriba y me vengo a mi escritorio a simular que puedo seguir leyendo el plan de ordenamiento territorial, mientras Jaime sube sosteniendo con una mano a la cadera la toalla de playa de cangrejitos naranjas.

Desde el computador suena un reggae lento de Chronixx, escucho la ducha correr un rato hasta que por el rabillo del ojo vuelvo a ver al chico semidesnudo, diciéndome que bajará a buscar ropa seca en su mochila.

Cocino una pasta corta con verduras y nueces. Jaime repite. Me pregunta si puede preparar un par de cafés para después de la cena, yo lo observo algo curiosa, las mangas apretadas de la camiseta, mientras, los rayos caen uno tras otro y entran iluminando la sala por la puerta que da al patio. Me agradece, no hubiera podido llegar a la loma con este clima, además por supuesto no hay nada en su nevera, dice mientras hierve agua y lava los platos.

—Qué bueno que aterrizaste bien con esta tormenta —le digo luego de otro estruendo. El bloqueo, cuando ya empezaba a inquietar a los comerciantes por el riesgo de asonada, tuvo que levantarse el segundo día de lluvias.

—Ya sé, está tenaz —dice el chico, nos sentamos en los muebles de mimbre de la sala que da al ventanal corredizo—. Es la primera vez que siento frío en San Andrés, creo que ya soy isleño —ambos estamos de pantalón largo y camiseta, pinta que hace unos días hubiera sido mortal, «pero no te creas, te falta, te falta», me burlo.

En estos últimos días de noviembre ha llovido más que en los últimos tres años juntos, dicen los vecinos. A partir de esta época y quizá hasta febrero, a San Andrés llegarán ráfagas de los frentes fríos que cubren el hemisferio norte y la temperatura será mucho más agradable incluso de día. Es un alivio dormir sin ventilador. Eso pienso yo, pero los barrios bajos cercanos al aeropuerto están inundados hasta la cintura.

—Bueno, ya que estamos aquí voy a aprovechar —dice y se endereza enseguida para recoger la taza de café de la mesa de centro—, de todas formas tenía que hablar largo contigo, quiero entrevistarte para un artículo académico, ¿cuándo tienes tiempo? —pregunta. Me quedé callada un momentico y le sonreí con sarcasmo.

—Pues este es el mejor y el único momento —le digo con un guiño.

Creo que con pocas ganas, Jaime se levanta descalzo y va hacia su mochila, saca un cuaderno, un esfero y una grabadora. Vuelve a su asiento a mi derecha y revisa las hojas del cuaderno mientras yo le bajo el volumen a la música.

—No —niega con la cabeza y aparta el cuaderno—, no voy a hacerlo como lo he hecho hasta ahora —dice de pronto.

—Ah, ¿te vas a salir de tu metodología? —le cuestiono.

—Sí, me voy a salir de la metodología, simplemente quiero escuchar cómo fue tu viaje de regreso, cuál es tu relación con la identidad isleña, con el mundo raizal…

—¡Ja! —interrumpo—, no está fácil responder a eso, pelao…

Un trueno golpea tan fuerte que el ventanal entero tiembla muy por encima de la música, de nosotros, de todo. Al instante se oye el quiebre de los reguladores de voltaje cuando se va la luz. Quedamos totalmente a oscuras.

—Pero acepto que tal vez sea necesario —digo.

Hay una cierta intimidad cuando no hay electricidad, cuando es de noche y llueve. Entre las sombras y el golpe furioso de la lluvia contra el tejado, se forma una atmósfera que es la propia para profundizar, casi nadie anda fuera, los ruidos son absorbidos por la fuerza del agua que cae, y cuando la luz artificial irrumpe de nuevo se siente una pequeña desilusión. Me levanto a buscar velas.

Olvidé u omití cientos de veces comprar una linterna en el supermercado. Encuentro entre los cajones de la cocina unas velas delgadas que se consumirán en nada. Prendo varias y las pongo sobre unos platicos de porcelana para el té que nadie jamás utilizó, y Jaime me ayuda a llevarlas a la sala. El ventanal tiembla de nuevo y cada vez más. En este punto se quejan también los rincones de la casa y yo en verdad agradezco que haya aparecido el cachaco. Y que haya lavado los platos.

La música sigue sonando, más bajito, desde el parlante, volvemos a sentarnos, ahora a media luz.

—¿Sabes que la mujer de Bowie se llamaba Sarah? —le cuento, mientras de una cajita metálica saco un cigarro armado.

—¿Sarah? Nombre de princesa de la tribu de Israel.

—¿Ah, sí? Yo había pensado solo en la esposa de Abraham…—acerco una vela.

*Prender, calar, exhalar.*
*Repetir.*

Saco el monitor y me chequeo. Jaime sigue cada movimiento. En la penumbra su cara parece un poco más madura, aunque sus ojos grandes y curiosos lo delaten.

Suena *Skankin' Sweet*, de la voz de Chronixx, *everybody wanna feel irie*, canto el corito, *forget your troubles and rock with me*. Una ráfaga se estrella rompiendo contra la casa, el imán, el cubito blanco que empieza a girar en mi mente.

—Eso significa el nombre, además muchos de los secuestrados en África eran príncipes, princesas o guerreros de sus tribus—Jaime me recibe el cannabis—. Sabes que los Asante vendían a los de la tribu Fante y así sucesivamente —dice mientras exhala el humo blanco.

—Sí, los príncipes eran los que mejor podían resistir el viaje, lógico.

Pienso en las películas que he visto de esos hombres y mujeres de pieles cubiertas de tintes naturales y perforaciones, las miradas de grandeza y los demás detalles medio épicos que me hacen reflexionar sobre mi propia debilidad. Puros estereotipos, al fin y al cabo.

—Tal vez de ese ir y venir, vendidos entre primos y hermanos, es que se formó el *crab antics*, ese mito de que aquí somos como los cangrejos en un balde y que no sé qué —divago—, que los unos no dejan subir a los otros, y que al final no sale ninguno, y así...

Jaime suelta una risita con el humo, y se recuesta un poco más en el mueble de mimbre viejo que cruje.

—Eso no lo sé, pero las historias de la araña Anancy están entre lo que trajeron tus antepasados, vienen de esos clanes, de pronto Sarah —dice el nombre con reverencia— contó algunas de esas historias aquí.

Me parece curioso que me hable del *trixter*, el espíritu burlón y ventajoso de Anancy, el que tiende trampas para sobrevivir o para reírse. *Pirate!* Lo miro, bebe de su taza con delicadeza, me devuelve el cigarro que se quema.

—Sí, pero hasta mí no llegaron esas historias, no por la sangre, al menos, alguien las borró.

Dejo el cigarro en el cenicero rosa, recojo las piernas contra el pecho y me acomodo en el espaldar, abrazando uno de los cojines. La lluvia me empieza a arrullar, limpia mi mente.

—Bueno, de eso se trata la historia de las colonias, de recibir solo un pedazo.

—La de todas partes, Jaime.

Descolonizarse, sí... descolonizarse, despatriarcalizarse, desarmarse, deconstruirse, digo, con aire de burla, estiro un brazo al techo, y luego el otro. Esos son los llamados de la juventud, al fin y al cabo, aprender a cuestionar las costumbres, mirarlas desde todos los ángulos.

Sacarse la plantación del interior es una labor generacional, dejar de preguntarse por los colores, reconocerse en las caras de los demás, cuestionar las herencias, todo eso, Jaime, le digo. No es suficiente omitir o ignorar que el pasado sucedió de una cierta forma, hay que conocerlo. Miré hacia las paredes blancas de la casa, hacia las otras salas vacías. Pero también hay que superarlo.

—¿Sabes hace cuánto no estaba en una tormenta en San Andrés? ¡Uf! —le cambio de tema con un suspiro. Jaime se ríe y vuelve a contarme con asombro cómo se mojaron todos los pasajeros bajando del avión por la escalera.

«Para volver a tu pregunta de investigador, Jaime, creo que lo raizal es una etapa», me detengo un momento, cierro los ojos. Sí, es una etapa de descolonización, lo veo encender la grabadora, me pone nerviosa, no sé si lo que voy a decir tiene algún sentido. Creo que sí.

Le hablo.

Si todos los que vivimos aquí fuéramos una sola persona, si un colectivo desordenado y herido pudiera convertirse en un individuo, estaríamos en la etapa adolescente. Voy avanzando en mi relato, imaginando un gigante avanzando a tumbos, hecho de muchas personitas.

Piensa en la palabra *raizal*, en español. El español es un idioma europeo, del colonizador. Por eso hay quienes se llaman a sí mismos *roothians*, como los pelaos estos activistas, porque, tácitamente, en la denominación «raizal» se acepta que es una construcción de cara al Estado colombiano, que falla en integrar nuestra relación con el resto del Caribe, aunque al final pasa lo mismo con los «roothians». Piensa en el inglés británico que añoran los viejos como mi abuela y también los afros, otro idioma imperial. La identidad sanandresana es una identidad en construcción, como todas, es un error pensar que es algo determinado, pensar así es negarnos lo complejos, lo humanos, que somos. Quizá uno no cambia nunca realmente, sino que aprende a expresar otras partes de sí mismo. Pero hay que dejarnos sentir. Me detengo.

Piensa en el creole, un idioma de resistencia, ¡resistencia! Hay gloria en esa resistencia, ¿no?, tenemos un idioma que conservar, es el legado de una parte de nuestro recorrido hasta hoy, nos dice mucho de cómo pensamos, de cómo nos relacionamos. El mismo creole irá cambiando con los años, no puede quedarse quieto, seguirá siendo caribeño, mutable, abierto. Ahí está nuestra riqueza.

He sentido que aquí la nostalgia es una trampa. Muchos quieren regresar el tiempo incluso hasta antes de la colonia. Pero en el fondo no tenemos adónde volver, ni a África ni a los turbantes. El Caribe entero tuvo su época de reversión, en la que quiso encontrarse en el continente viejo, pero allá tampoco saben ya quiénes somos nosotros. Hay que aceptarlo y es genial aceptarlo, lo hemos transformado todo.

Me incorporo y el mueble suena otra vez.

La resistencia es lo que nos ha definido, el miedo mismo es el que nos ha definido. Tal vez para trascender en la lucha raizal hay que aceptar al mundo, fluir en el mundo, entender su ritmo. Colombia no es lo único que hay allí afuera, y Colombia sola no nos colonizó; se tomaron decisiones también desde aquí y ahora hay que revisar las consecuencias, con madurez. Hay una diferencia entre aceptar al mundo pasivamente, llorando y mirando por la ventana, y apropiárselo. Hay que conquistarlo. Debemos entender que somos el todo y la parte, un reflejo de algo mucho más grande. Ahora pedimos autonomía, ¿y por qué no simplemente vivir en autonomía? La autonomía es la expresión plena de nuestro carácter, de nuestro exótico carácter. ¿Por qué no hacer uso de lo que por derecho nos pertenece y parir generaciones que se muevan por fuera de nuestras ficciones limitantes? En realidad, incluso en el marco legal colombiano existen muchas puertas abiertas para establecer desde las islas una avanzada diplomática propia que nos conecte de nuevo con la Nación Creole. Porque eso es lo que necesitamos, voy subiendo el tono y me enciendo, volver a reunirnos, saber que no estamos confinados.

Me revuelvo un poco y digo cosas sueltas, me acuerdo de todo lo que he escuchado sobre la corrupción de los gobernadores nativos durante los 90, de los rumores sobre la venta de votos a favor de proyectos hoteleros de alto impacto en las consultas previas. Jaime sigue en silencio.

Hemos tenido poca visión. El poder no es algo que se recibe, el poder se reclama y se toma, pero aquí nos emocionamos cada vez que el Estado nos mira y nos da un premio de consolación, o dinero, para entretenernos. Hemos sido el adolescente inmediatista, ahora hay que crecer. Punto.

—¿La Asamblea Nacional Constituyente tuvo raizales? —pregunta Jaime. No, le digo, pero sí hubo un grupo que hizo presión para que se les reconocieran derechos especiales a través de las delegaciones afros e indígenas.

Después de la Constitución del 91 retomamos esperanzas en el Estado, pero ese Estado está construido sobre una nación también profundamente atravesada por cuestiones espirituales, dividida, quebrada.

—¿Dónde nos situamos nosotros ahora que Colombia ya no saldrá de aquí ni a patadas? Yo estoy aquí, tú estás aquí, otras miles de personas con arraigo hacen parte de esa Historia oficial, de esa avanzada por hispanizar San Andrés. ¿De qué sirve la autonomía que da el Estado, si por ejemplo en Bluefields a la gente le roban las tierras por intereses extranjeros? —Manoteo al aire y me pongo de pie, a recorrer de aquí pa' allá un pequeño espacio frente al ventanal que zumba. Jaime me mira de arriba abajo. Nicaragua le dio autonomía a la región de los creoles, pero eso ha servido de poco, hasta ahora.

Creo que lo que hay que hacer es descolonizarse, sí, para dejar de mirar hacia el Estado como un punto de referencia propio y mirar para adentro. Empezar a hacer elecciones de vida diferentes es reconocer que resistir no sirve para nada si lo que se pretende es controlar el sistema, no sacudirlo. Acabo, y voy camino hacia la cocina por un vaso de agua. Serviré otro para el chico, que se ha puesto de pie y me sigue.

—Oye, ese es un pensamiento muy anarquista —dice Jaime avanzando por el pasillo junto al comedor.

Es la única versión que me cierra, una utopía.

Jaime, le digo, los hoteleros son hoteleros. No van a dejar de querer construir hoteles, sean apellido Montero, Bashir, García o como sea.

Los comerciantes son lo que son, no van a querer

dejar de vender trago barato. Abro la nevera y saco rápido la jarra con agua para que no se salga el frío.

Nadie, ningún gobierno, va a hacer una titulación colectiva de tierras que afecte la sensación de seguridad de los contribuyentes, ¿o sí? Le hablo sobre el estatuto raizal. Tampoco los continentales van a dejar de entrar de forma irregular si los gremios demandan trabajadores que cobren barato y que duren más de un mes en el puesto.

Este país está jodido, estamos en una coyuntura delicada y la única forma de que este territorio prevalezca, de que la reserva se salve, es cambiando profundamente, hay que hacer un giro en el enfoque del dinero para el consumo, a la riqueza para el bienestar. Ese es un acuerdo social muy distinto al que tenemos en todas partes. Hay que conservar el bosque, sembrar, aprovechar la tierra, reducir la dependencia. Hay que dejar de alimentar una cadena de producción y de consumo que solo deja basura. Así es el turismo masivo, de eso se fortalece, de la confusión, de las divisiones. Hasta cierto punto, la identidad ha sido una distracción. El nativo, el raizal, sabe mejor que nadie cómo volver a ese equilibrio, por eso es importante que se le reconozca como guardián del territorio, pero debe expandirse por sí mismo, lejos del Estado, o ese monstruo lo acabará absorbiendo para siempre. Jaime me mira tan atento como puede, como el águila que se asoma por la manga de la camiseta, yo sonrío entre mi ofuscación, visualizando mi fantasía hecha realidad.

Hemos aceptado tácitamente todos los abusos, el peso de todos los proyectos que nunca funcionaron. Hemos pagado impuestos con dinero, pero lo más grave, hemos pagado con el futuro, endeudándonos con lo que ni siquiera nos pertenece. Yo no quiero ser eso, Jaime, le hablo. Soy una división pero también una diferencia integrada, quiero ser la comunión de todo. En mi sangre raizal algo vibra con este ritmo, y también en la sangre árabe y en la sangre continental. Lo reconozco. Yo soy migraciones enteras, historias de guerras y de anhelos que nunca conoceré a detalle, eso lo somos todos cuando nos quitamos las máscaras, cuando dejamos de buscar seguridad en lo que es falsamente estático. Todo se ha movido —Jaime me mira y yo sigo—, siempre, los abuelos míos, los de todos, los hijos, los bisnietos, las fronteras, el poder. Somos de la Tierra, y eso es lo que debemos honrar, esta lluvia que ha estado en todas partes a lo largo de millones de años, el aire que respiramos, el mar que es el vientre de absolutamente todo. Es cierto. Nunca sabré toda la verdad sobre mis ancestros, la mente no es la encargada de unir los puntos, ese es un impulso del corazón.

Una ráfaga de destellos anticipa un trueno ensordecedor que me interrumpe. Lo miro fijamente, asustada.

—Oye, ¿tú crees que pueda llegar a mi casa esta noche? —pregunta de repente, serio, mirando hacia el patio, mirándome ahora a mí.

—¿Y para qué quieres llegar a tu casa esta noche? —le respondo, hipnotizada.

Los ojos se le vuelven chispas a Jaime, entreabre los labios, toma aire como para decir algo, pero se arrepiente. Me quita los vasos sudados de las manos, da un paso hacia mí y siento sus pies rozar los míos. El bajo del reggae se mezcla con la vibración de la lluvia, y si no fuera por esa lluvia, escucharía cómo late el corazón en su pecho. Por pura picardía me quedo quieta, no lo toco hasta que está tan cerca que se me escapa un suspiro nervioso. Acabamos meciéndonos, lento, de nuevo como en el reggae del bloqueo, sus manos no van hacia mi cintura sino que acarician mi cara, me provoca, no me besa, pero el apretón de las caderas delata sus ganas y siento un arrebato por manosearlo entero, por tocarlo tanto que pueda sentir su alma. Jaime dobla las rodillas, se pega más a mí y es el punto en el que toda intención está clara, acerco yo mi boca y se enloquece con un mordisquito en el labio inferior, dobla las rodillas de nuevo para bailarme más hacia adentro. Mis dedos rozan su cuello y el beso es finalmente lento, muy lento, caliente.

Debimos haber flotado hacia arriba, a la cama, las ráfagas ululan fuerte y disimulan gemidos, nos marcan un ritmo frenético mientras a mí unos dedos me alcanzan y me hacen llover encima de ellos. Jaime se retuerce con esa humedad, me emociona la expresión de sus ojos grandes, sorpresa. Se pone de pie mostrándome lo excitado que está, me levanto yo también y mi espalda se pega a su pecho, sus manos me toman ambas por la cabeza y me halan hacia él, me muerde la nuca y me voltea jalándome el pelo mientras con un brazo me aprieta por la cintura, dobla las rodillas de nuevo, y siento que ningún otro amante existe. Nada más existe, ni la lluvia que no es mía, ni otro hombre más. Al frente del espejo, nos miramos a los ojos entre las descargas de los rayos. Tengo que gritar, y grito tanto, la fuerza de la tormenta no es capaz de contener las ganas de ambos, mirándonos fijamente. Seguimos, hasta perdernos entre nuestra propia mezcla. Mojamos todo.

# XII. OTTO

Un apocalipsis no es inusual, cae dentro de la curva normal que se extiende y surca la colección de escenas probables en las dimensiones caribeñas. Aquí están todas las fantasías, las bonitas, las terribles, la fascinación por lo desastroso. Esto es San Andrés, la playa como la de las revistas, un privilegio malgastado. Aquí lo que es firme y constante se reduce como se encoje la tierra en el invierno, como se va formando un futuro desierto. Descubrirían petróleo de nuevo, en millones de años, del aceite de los huesos y los plásticos, vestigios de un brevísimo mito del paraíso del que no quedará ningún registro. Seremos, de nuevo, como siempre, todo un misterio.

Ese día después de caer desmayados, ninguno de los dos mencionó de nuevo la posibilidad de que Jaime regresara al *Barrack*. En la mañana nos levantamos con las piernas adoloridas y con la novedad de un charco en toda la planta baja. Llovía sin parar, llueve, la cisterna, cuyos diez mil litros no se llenaron en años, se había rebosado en cuestión de horas. Ambos trapeamos por un buen rato.

Después de ver las fotos de los almacenes inundados, de los dueños tirando balde, los videos de los chorros de agua cayendo de los techos, los árboles desprendidos desde la madre, agradecí no tener nada que ver con seguros. Pero me di cuenta de que necesito nuevos sensores de glucosa, y de que no hay por dónde lleguen.

Lo acepto, no sirve de nada salir de aquí, huir de nuevo. Sin resolver mis quiebres, adonde vaya seré una isla, negada y extraña, en cualquier nuevo destino tendré el deber de hilar una historia que me libere. Quiero estar aquí y ser testigo del momento en el que un dedo invisible presiona el botón de *reset*. Muy buen tiempo para asumir mi realidad, el aeropuerto está cerrado hace una semana, el puerto lo mismo.

Trescientos kilómetros al sureste de San Andrés se formó una depresión que escaló a tormenta tropical de un día a otro y que empezó a moverse luego de mantenerse estática, alimentándose de las altas temperaturas del mar. Peligro. Así lo informaron las autoridades militares en las islas, luego de que ya cualquier plan o evacuación era imposible.

La depresión tropical número dieciséis se bautizó luego como Otto, el nombre del primer emperador del Sacro Imperio Romano Germánico. Instituciones, las instituciones que nos arrasen. Sus lluvias apagaron, claro, el incendio del Magic Garden. Y luego sus brazos de brisa movieron sus montañas, secciones enteras de lo que no quisimos se riega por vías y callejones. Jamás había visto un espectáculo más triste que a esa hora en la que el cachaco y yo resolvimos salir en las bicicletas hacia el kilómetro tres, para ver con nuestros propios ojos otra atrocidad, la rotura del emisario submarino. Pedalear fue difícil, pero más difícil fue ver el tubo que evacúa quinientos litros por segundo de agua residual cruda, roto a unos cinco metros de la línea costera. Pudimos ver la mancha marrón diferenciarse del mar de la tormenta. Con todo y brisa olía a pozo séptico y el agua que salpicaba nos dejó llenos de mierda. Regresamos en la bicicleta los tres kilómetros andados con asco. Casi devuelvo la comida. La humedad del impermeable se me hizo insoportable en un punto del camino, sentí que se me nublaba la mirada, tal vez era la glucosa, pero no me revisé. Lloré, desesperada, andando al lado de montones de bolsas y latas de colores, las nuevas cosas del paisaje. La isla entera, no soy solo yo, la isla entera, este proyecto de progreso es una grieta, que a cada instante se abre. Con cada impulso del mar, el arrastre.

Los intentos de buscar taxis no daban nada, nadie iría al centro. Entendí que no podíamos esperar a que escampara, necesitábamos sacar efectivo y hacer un mercado grande, pero nadie iría a ningún lado, nadie contestaba el teléfono porque todo el mundo estaba simplemente sacando el agua de sus casas, agua o ramas, o cables de alta tensión colapsados, o animales, vivos y muertos. Regresamos arrugados por la humedad, pero tuvimos que aprovechar el amaine del viento y seguir pedaleando. Entonces pensamos que la tormenta se desvanecería, pero todavía las ráfagas negaban la posibilidad de operaciones aéreas. Cuando encontramos el cajero del barrio fuera de servicio, lo cual no es de todas formas ninguna novedad, seguimos entre lagunas hasta el aeropuerto. La playita del espolón desapareció, el espolón mismo también y Johnny Cay está perdido entre nubes gris oscuro. El mar ya no es de zafiros y aguamarinas, el sol está eclipsado por el ónix negro del manto del emperador y ahora el tesoro es de piritas oscuras, de un gris metálico que se arroja con fuerza hasta la carretera. No se ve la plataforma de exploración, quizá se haya desmembrado también para siempre.

Lo que vimos en el Rojas Pinilla fue vergonzoso. En el piso mojado, cartones tendidos como asiento para ancianos en ropa de playa, la lluvia a chorros por las goteras, niños acostados durmiendo, mamás con bebés de brazo sin tener ni dónde sentarse. Eran cientos de personas, mil, ¿o más? Un olor a vaho frío, a sudor mojado y seco, un desastre humanitario. «¿Dónde se ve la plata que paga uno por esa tarjeta de turismo, ola?», preguntaba una señora a un reportero de radio. Varios visitantes se estaban organizando para improvisar cubiertas para el techo y hacer jornadas de limpieza. Jaime y yo nos miramos en silencio. Cada día entran y salen unas dos mil personas a la isla, ¿cuántos habría en realidad en esa sala? Después de días de tormentas, algunos de los visitantes represados fueron llevados a hoteles y posadas que tenían disponibilidad. No sé cuánto dinero dejaron de ganar los hoteleros o cuánto les pagó el gobierno. El hospital está colapsado, operando entre cortes de electricidad con la planta y con pocos insumos. Jaime no dejaba de reprochar, sorprendido por la incapacidad de la ficción estatal para garantizar el desarrollo normal de la vida. En San Andrés es verdad que no existe el Estado, decía aterrado, esto no puede ser.

Ya no doy más, es llover sobre mojado.

Ya sé qué pasará, de todas formas, digo. Un día, algún día, escampará y se empezarán a calcular pérdidas. Se resumirá la catástrofe a la falta de infraestructura, a la corrupción de los últimos años, a la de siempre, a la actitud confiada de la gente de isla, y claro, a la sobrepoblación de continentales. Yo se lo atribuiré también a lo débiles que somos por dentro, a la maña de apuntar con el dedo, a la inercia, a la incapacidad para movernos más allá de nuestros límites, a la zona de confort. Juleen apareció en el último supermercado abierto también, buscando más enlatados a última hora. Frutas, frijoles, palmitos y aceitunas, sardinas, lo que haya, estantes vacíos y una pelea vigilada por la policía por mantener el orden en las filas. Los soldados del batallón están todavía algunos en las calles, pero no se quedarán ahí en la peor hora.

¿Nos alcanzará el ojo luminoso de Otto? No pensamos, insistió Juleen, nadie pensó que llegaría este día. Dijo lo que todos dicen, que aquí nunca llegaban los huracanes.

Los pastores predican que San Andrés está protegida, que nuestra ubicación no es tan riesgosa como la de Dominica, Cuba o Haití, que aquí nunca pasa nada. Muchos piensan que serán solo estas inundaciones y no más. Nada pasa hasta que por fin sucede, porque el mundo no es el mismo de antes, Juleen, le digo. La abrazo y le toco su cara caoba, las yemas me duelen. Aunque toda su familia está en su casa, podemos ir si queremos, nos invita a la loma, el único sitio seguro. La gente se ha ido a las iglesias altas, a colegios. No, no me puedo ir de mi casa, mi casa me llama, me pide, el *duppy* ha dicho que me quede. El huracán viene de afuera, amiga, del resto del Caribe, del mundo entero que se estremece, nos desbaratará hasta los cimientos en el norte y en el sur. Otto no habla en creole ni en inglés, ni en español, sino en el idioma universal que hablan los grandes finales, un idioma que suena a una demanda de rendición a lo incierto. Sus aspas nos harán temblar y nuestros pocos metros sobre el nivel del mar no significan nada. Que venga lo que venga, que venga la tragedia. Por fin.

Otto recobró fuerzas, es un huracán categoría dos, dice la radio, transmitiendo a punta de planta eléctrica, un cortante abanico con vientos de ciento sesenta kilómetros por hora, sus ráfagas llegan a los doscientos. La temperatura del mar sigue muy alta, la presión central en aumento, el ojo se mueve a veinte kilómetros por hora. Será de categoría tres en pocas horas, pero sé que todavía habrá quien crea que al tocarnos, el campo isleño lo destruirá irremediablemente. La fe es admirable, terca y admirable.

Celebro, entre mis propias tinieblas. Las jeringas no me durarán para siempre, pero quisiera que el trueno no se detenga, que los tejados sigan gritando, le digo eso a Jaime, así es que se tejen mejor los retazos, en la incertidumbre.

La electricidad no volverá del todo hasta dentro de días, quién sabe cuántos, y lo mismo deberán sufrir en Bluefields las familias vecinas y hasta en Puerto Limón y Cahuita. El primer piso está inundado y es inútil gastar glucosa en intentar sacar el agua. Pienso en el capitán, en los militares de nuevo, ya lo sabré, me dijo, ya sabremos qué pasará con todo. Pienso en Rudy, en la reclamación, en Europa. Me da risa. A Otto no le importa eso, no se fija en papeles o en acuerdos oscuros, solo obedece a su presente, nos levantará a todos los creoles juntos.

El viento gruñe y la casa se estremece de rabia, de tristeza, ¿de dicha? Liberación, las tejas vuelan. Jaime me abraza, me dice cosas al oído, ideas que se perderán entre la lluvia. Hablo de *Maa Josephine*, ¿qué harán los dos chiquitos? ¿Estarán agarrados de sus faldas? La veo moverse cadenciosa entre las nubes altas y oscuras, volando con su corona de trenzas, sus susurros me llegan entre la brisa que revienta las ventanas, el estruendo ha acallado al nawal de mi tatarabuelo, pero puedo verlos a todos ellos alrededor mío, aquí están entre rayos color sepia, llenos de dicha, se ríen juntos Rebecca, Jerry, Torquel y Dumorrea, Rossilda, James, Sarah… hay otras caras, como la mía, hombres y mujeres sin papeles ni nombres, multitudes enteras, silenciosas. En paz. Así, que el ojo se lleve el cemento de un zarpazo, que deje un espacio en el que suframos lo suficiente como para dejar de ver al pasado y sus márgenes y distinciones, un espacio para empezar de nuevo. Quiero ver al desastre limpiarlo todo, el rastro de banderas, el registro de prejuicios, quiero ver, aunque sea vestida de sepia, a un reino de amantes libertarios instalarse entre los restos de nuestras máscaras. Josephine, escucho tu voz sedosa, cantando en un idioma nuevo, un coro te sigue y mis lágrimas son de una dolorosa alegría, como las de un parto, el corazón se me dispara. Las inyecciones no resuelven nada, los monitores, las técnicas, los cálculos, los planes.

El Caribe es un ombligo, profundo, infinito… susurro. Me aprietan unos músculos firmes, me hace cosquillas la brisa de un aliento fresco. Tiembla San Andrés extasiada. Y tiemblo yo. No sé qué hora es, de qué día, ya desapareció también la ficción del tiempo y me dejo caer en la espiral del caballito de mar.

Veo ceder por fin los edificios, veo llegar una gran ola, luego, una irradiación que me enceguece. Qué bellos son todos estos cristales en mi habitación. No veo nada más. Oigo gritos. Deliramos.